诗枕蜀河

马志高　著

国文出版社

·北京·

图书在版编目（CIP）数据

诗枕蜀河 ／ 马志高著 . -- 北京 ：国文出版社，
2025. -- ISBN 978-7-5125-1814-8

I. I227

中国国家版本馆 CIP 数据核字第 2024RM3859 号

诗枕蜀河

作　　者	马志高
责任编辑	戴　婕
策　　划	凌　翔
责任校对	陈一文
装帧设计	吉建芳
出版发行	国文出版社
经　　销	全国新华书店
印　　刷	三河市中晟雅豪印务有限公司
开　　本	787毫米×1092毫米　　　16开
	11.5印张　　　　　　　155千字
版　　次	2025年2月第1版
	2025年2月第1次印刷
书　　号	ISBN 978-7-5125-1814-8
定　　价	69.80元

国文出版社
北京市朝阳区东土城路乙 9 号　　　邮编：100013
总编室：（010）64270995　　　传真：（010）64270995
销售热线：（010）64271187
传真：（010）64271187-800
E-mail：icpc@95777.sina.net

在传统与现代之间反思乡土的灵魂

—— 马志高诗集《诗枕蜀河》序

◇ 杨克

马志高简介标明"农民诗人",且整部诗集集中写的是乡关蜀河,我以为,这并不等于他的诗就输于学院派写作,恰恰表明其赓续中国最伟大的诗歌传统。在《诗经》中,邶风、郑风、王风、墉风、周南、召南,就非常明确地标示这诗是出自某地农人的吟咏,或诞生在"王化"区域。它们早就是诗的经典,孔夫子说,不读它们,我们无法得体地说话(不学诗,无以言)。

而马志高的诗似乎还有另一个传统,就是荷马史诗和古希腊悲剧。或者说,与少数民族创世史诗有某种精神上的脐带联结。在中华文化大家庭中,少数民族的史诗并没有像国风那样取材日常生活,或古典诗歌那样徜徉于山川河流饮酒赏月,更在于英雄神话人物的塑造。在马志高的诗中,英雄情结、悲剧意识、对苦难的体认和超越、对生死认同等共同构成了其诗歌世界的悲壮性气质。这种悲壮性气质在马志高不同的创作时期以或显或隐或浓烈或沉郁的方式呈现。进入新时期以来,可以明显地察觉到诗人创作的"雄心",其试图从生命存在的内部进入历史与文化,将对现实的强烈关注转化为对生命本体存在的体悟和感知，而后诉诸在原始的生命形态中，或者说投射在故乡——蜀河，诗人试图建构恢宏壮阔的时空格局，以张扬生命的坚韧以及超越时空的悲剧精神。

纵观整部诗集，马志高对民族历史进行了纵深的思考和宏观的把握，诗歌追求孤独内涵、古奥语言的审美风格。诗中大量出现虚构历史、民间传说、英雄事迹等史诗写作的特征，文本庄严肃穆，透露出浪漫叙事与悲剧情结的氛围。如《夏夜》《悲乎岁月　喜乎岁月》《忠诚的人给了我们满面的红光》《虫鸣晚夏》《我们的河流　我们源源不息的生命》《寻找越冬的鸟》《清明　你们的墓碑长着芬芳的诗歌》等，诗人发挥极致想象，追求雄绝超拔、沉雄遒劲的美学特征，表现出了一种坚韧而又独特的存在姿态，这也契合陕西地理原始浩瀚的美学性情。诚然，马志高宏阔的构写、诗歌中的紧迫感与"赶路"以及古拙的语言，恰恰就是现代中国人摆脱重重困难，在现代社会艰难前行的真实写照。

马志高从历史文化中取材，庞大的结构包含密集晦涩的意象。展现恢宏大气的场景和硬朗坚实的风格，语言上，用极具爆发力的语言讲述体内原始的冲动，真挚而淳朴，却又在平和中带给人以温暖和力量，如诗歌《蜀河／我的乡关》。这是诗人 2017 年在故乡蜀河写的一首组诗，全诗共十个部分，追古溯今，忆及往昔。这首诗充满浑莽气魄的"大地"景观、受难品质，诗人从"远古　蜀河／或者就是一片古木参天／或者就是一片汪洋之地"至"四千年前　大禹一锤一凿""而后合通四海／洪荒之地　从此人烟四起　遍地稻穗／夏朝商朝东西二周朝　荒野有居／

秦帝一统　蜀河列郡／汉帝置县／中华一统　蜀河再列县府／故居

蜀河　贯穿历史卓越而今"。在这首诗中，有很多具有象征意义的元素，如蜀河、古镇、庙宇，这些地域特色元素共同构成了这首诗的基本结构，并揭示了乡土生活的价值观与情感。诗人依赖庞大的组诗结构，努力探寻民族生命之本源，寻求现代意识与原始精神的契合，在涩感和陌生化中增加了诗歌的张力。

同时，马志高的诗歌充满了东方文明的渊远古朴与原始生命的野蛮神秘，诗中的"也许曾经就是汪洋之河／鱼鳖闹江林兽奔窜之地／还有我们先民裸身于野""蜀河人共祭火神庙／拜龙王拜神狮拜山神"（《蜀河／我的乡关》）等均浸透着深邃、苍凉的人生况味。在这首组诗中，一条鲜明的生命哲学的思想轨迹得以显现出来，这一结构方式使马志高的组诗充满了浓郁的苍凉的人生体味，显示出深邃的洪荒的宇宙观念。

在结尾诗人这样说："古镇复制了过去崭新了今天／故土难离／我们的灵魂／刻在青石上／刻在黑瓦老砖上／血液已与这片土地交融贯通"。马志高以农民之子的"在场式"姿态重回故乡，不仅是肉体的在场，更是精神的闪回，诗人对故乡进行了细致的观察和叙述，将被遮蔽住的乡村个体和日常生活重新呈现在大众视野中。于马志高而言，故乡已经不再是一个某个具体的地理名称，而是这个地方生活着的人，于诗人而言，蜀河每一个乡镇中人物的生活片段，诗人对乡土的情感投射都存在于大的时代背景之下，都处于大的历史洪流之中，而蜀河正是通往历史的联结点。诗集展示了蜀河乡土生活的魅力与价值，成了一部具有深刻内涵和丰富情感的作品。

在《我从古镇绕西而行》中，诗人提到"母亲""妻子""老妇""许仙""白娘子""红军"等，这里的人是自然赋予的有血有肉的人，他将人的人生历程总结为受难与幸福，这同时也是诗人抛弃小我、成就大我的过程。同时，马志高通过他的诗歌创作挖掘出了生命更辉煌、更广阔的空间，并从深邃的东方哲学意识和东方文化艺术之中去重新认识生命真正的存在价值。

马志高诗歌的语言是介于抒情与叙事之间的语言，其诗歌作为一种突出的抒情话语，深入发掘了语言的魅力。他的诗学理想是一种反对执迷修辞、将诗歌的创造力与个体生命的爆发力合而为一、力求达到生命存在和哲学真理统一的写作。如"凌崖之顶"《以草木的名义》"崩裂"《那块沉入江底的石头》"撕裂"《诸神之战在夜里》"喊杀声刀砍斧斫枪刺声"《不仅仅是为纪念屈原》等类似古语的使用，增加了诗歌的涩感和陌生化，这在马志高很多诗歌中都存在，古语特征造成的醒觉、紧张与撞击效能来体现精神的力道，使单个语词富含了沉重的力度，凸现出语言的质感。

《诗枕蜀河》收录了诗人许多史诗，其许多史诗主题的作品均围绕着水元素展开。水潜藏在人类文明的深处，用哲学的语言表达即为本体和实体，马志高的长诗突破了时间、历史的维度追溯生命中形而上的问题。以《汉江，我们敬仰的河流》为例，全诗共分为七个部分。七个篇章从诞生、离开、流浪、回归反射出个体在历史洪流中的意识形式。马志高与历史进行对话："你白昼的流动是波澜是清澈是柔情 / 你夜晚的流动是月光是星星是梦幻"，通过角色的互换，个体于混沌中诞生，"汉江"逐渐成为具象化的实体，相遇时的星辰璀璨与逝去后的黯淡无光形成了鲜明对比。"你只能看到历史向你走来 / 却不能看到未来在你眼前"。这时马志高的抒情话语已经置于历史的语境，你不再是情感信号的接收者，你包罗万象，是这片大地最古老的生灵，融入自然，融进呼吸。在诗歌《在河边　听风　或者回忆风》中："在河边，寻找玩沙戏水年少的我／在河边，寻找汗滴的青春去了哪／／在河边，听风，是不是往昔的风／回到了河岸／／在河边，听风，是不是往昔的风／搅动了江面／／立在河边，听风，听这生命的风，徐徐拥来。"

综合来看，马志高的诗学理想视野广阔，他追求将叙事的严谨与抒情的浪漫、诗意的表达与哲学的思维相互链接。荷尔德林的"存在主义"哲学思想深深地烙印在马志高的诗歌血液里，召唤他书写对生命的热爱，尽情地抒发对土地最原始的向往。马志高是被诗歌的命运所感召的纯粹的诗人，能够直接写诗的本质。马志高诗歌中出现了一些反庸常理性的现代化的意象，如"矿窑""锈迹""尘霾""癌症"等。在马志高眼中，人类为了经济发展与利益的驱动，通过吞噬"土地"来满足欲望。"土地"已然死去，取而代之的是肤浅的"挖掘"和"开发"，导致诗人失去原生态的写作资源。这种主体的欲望不是为了繁衍，而是出自贫乏，为了满足自身意志的渴求。这些作品既是对时代具体的诘问和控诉，又是形而上的沉思与遐想。而马志高坚守着浪漫的抒情话语，用丰盈的想象脱离庸常理性的制约。

诚然，马志高的诗，也有需要上升的空间，如结构似乎松散，诗篇不够紧凑，显得有些拖沓。语言的新意、切入的角度等尚可琢磨。然而，作为一位农民诗人，诗歌有如此大气象已令人惊喜。

是为序。

杨克，中国诗歌学会会长，中国作家协会主席团委员。

序二

来自大地深处的呐喊与嘹亮

—— 说说马嘶和他的文学创作

◇ 陈敏

马嘶，本名马志高，和我是近 40 年的老朋友了。认识马嘶，首先缘于诗：20 世纪 80 年代初，七七级、即"文革"后第一批考上大学的倪嘉，分配至《安康日报》工作，创办了文学专版《香溪》，后来他担任了科长、总编辑，我作为七九级大学生，1983 年毕业来到安康日报，接替倪嘉担任《香溪》版的文学编辑，秉承了《香溪》版的扶持文学新人、繁荣文学创作的编辑风格，于是，也便有了与马嘶的交集。

20 世纪 70 年代末、80 年代初，中国文坛发生日新月异的生动变化，《班主任》《天云山传奇》《小草在歌唱》《受戒》《假如我是真的》《调动》《满月儿》灿若珠玑、贯穿时空；在诗歌领域，孙绍振、徐敬亚、谢冕的"三个崛起"理论和顾城、北岛、舒婷、杨炼等为代表的朦胧诗的崛起振聋发聩，《诗刊》开辟了至今仍然光彩夺目的"青春诗会"专栏，叶延滨、梁小斌、欧阳江河一批优秀的青年诗人脱颖而出，甘肃省级刊物《飞天》推出了"大学生诗苑"、集合了全国大学生王小妮、于坚等作品卓异的青年群体——这种青年诗人创作形成的新诗潮引领了当代中国的创作。作为大学时就在国家和省市报刊发表诗歌作品的倪嘉和我，对于有别于传统诗歌赋、比、兴手法营造意境的新诗创作，更多了体会和关切，这样，刘云、鲁绪刚、蔡晓慧、吴大康、方晓蕾、南夫、阮杰、张宗亭、陈荣临、李爱龙、蒋典军、周晓云、姜华、程新忠和马嘶这些年轻人的诗歌作品作为自然来稿出现在我们面前时，还真是让人兴奋不已、耳目一新哩！

马嘶的钢笔字谈不上华丽秀气，但一定是认真工整，鸵鸟蓝墨水写得一笔一画分明，他曾在一首名为《雨天》的诗中写道：雨水飞溅珠光／雨天独自冥想／怎样才能吟出脍炙人口的诗行／写什么样的词才能让你舒心歌唱／生活中的失意和彷徨／还有眼前暂时的迷茫／／什么样的诗句才是最好／李白的浪漫蕴藏无尽的忧伤／白居易的现实也是狂歌作舞／杜甫为茅屋秋风而歌／对悲凉和愁苦也是莫若奈何／／夜晚的雨天常常失眠／人生的路又有多少安然／愁多苦多欢乐又有几何／多想拥有一个得意夜晚／携手风雨吹落的树叶／作一首最为得意的诗行／／在雨天／我要为我的孤独送行／我要把我的忧伤化为阳光／我要送你一些芬芳／我要你看到希望／／我还要你看到黎明前那颗星光／闪烁到天亮。看得出马嘶在悲苦、在徘徊、在寻觅，长考中的独立与翘望，成为他年轻的姿态；民间的忧伤苦难，撞击着灵魂骨骼、渗透进血肉精神，他置身草根，却拥有广阔星空与明天的灯盏……

记得，马嘶所投稿件最后标注的地址是旬阳县蜀河区小河东村二组；好像，他还当过村民二组的小组长。

2001 年，由中国作协副主席、著名作家陈忠实题词"群星灿烂"、著名作家贾平凹题写书名《安康作家优秀作品选》问世，收录了安康本土作家老中青三代人两百多人。作为主编，我欣喜地看到旬阳作家方阵里马嘶和他的诗歌作品，作为那个时代人们竞相奔逐而仰望的文学，一定是以光亮与神圣、沐浴着马嘶和他的同路人；而马嘶和本土作家那年轻的一代人，也以青春塑像，标记着 80 年代安康文学的精彩与生动。

大约是 1991 年秋天，收到马嘶来信，说这几天要来安康城看望我。当时这类信收到得多，我编发了稿件，往往附上几句潦草的话语，再加入当天有《香溪》文学专版、即有作者作品的报纸，糊上信封寄给作者、以示勉励；作者收到后，有的会表达一番谢意。当时电话并未普及，大都用信函交流。我刚刚参加新闻记者"汉水采风"主题活动，从汉中的嶓冢山到湖北汉口的入江口一路奔波一个月才回来，累，便回信婉拒了。这天大雨淋漓，傍晚，报社住宅的门却被敲开，来人自报马嘶，手里提着一篮子鸡蛋，说刚下的火车，人多、有几个鸡蛋碰烂了。说问了几个人才找到这里。只见他中等个子，平头，不胖。上衣湿漉漉地还在冒热气。还说鸡蛋淋水了赶紧吃、不然要坏，篮子腾一下，拿回去还要用。我连忙招呼他脱下衣服洗漱，没想到我们第一次见面竟是这种场景，也没想到就因为这几年里编发了他几次诗，作者本人居然蹦蹦车、火车、蹦蹦车地轮换着一百多里地专门跑一趟来感谢、且不说那一篮子鸡蛋。临走时，我坚决让马嘶穿上我刚从武汉带回的一件灰色夹克，总不能赤着上身赶火车吧？马嘶怯生生说陈老师、我明儿咋给你还衣服呢？说送你的、刚好穿着短了。马嘶嘴拙，就是谢谢、谢谢说不出花样，脸膛胀得红红的。

大约几年后我因工作采访蜀河镇，闲暇去了马嘶的小河东村二组的马家坡家里，那是位于小山顶新修的房屋，房屋框架既不是长方形，也不是正方形，倒像是一边长、一边短的梯形。这是根据地形地势自己修的房，马嘶不无自豪地说。我知道马嘶仍然在写诗，除了《安康日报》，还在《陕西日报》《西部文学》《鸭绿江》等发表，不少作品就是从这个自己修的梯形房子出发而登堂入室的。看来，马嘶的诗跟房子一样，是有自己的个性和方向的。

2012 年我主编《人在旅途——百家作品精选》一书，编辑了马嘶散文《走在坡地里的父亲》等，这诸多文章先是发表在我任主编的《旅途》杂志，再精选录入此书中。马嘶的笔触深沉浑厚，写下了对农民父亲和父亲身后土地的眷恋与挚爱。马嘶说父亲当过兵上过战场打过日本兵，又成了解放军战士，参加解放襄阳战役立了功负了伤，然后解甲归田、务农垄上；说为了一家生计，父亲率领大哥、二哥上山砍柴度日，往往凌晨 3 点出发；说父亲当过兵，所以在坡上种地是尖兵、小小年纪的马嘶则是跟在父亲身后简单模仿着干活的兵卒；父亲肩挑一百多斤柴火返回几十里快当如风，马嘶担着二十几斤柴火跌跌撞撞……缺吃少喝的年代给幼年的马嘶烙上了印记，视野来自民间来自感同身受。马嘶说，长期在矿上务工的农民，因吸入大量粉尘导致了尘肺病，只能默默承受巨大的痛苦。这些悲剧那时总在身边发生；接触他们、倾听他们艰难的呼吸声，我的诗作由此铺开：这里有痛苦有挣扎 / 有需要阳光普照的病患者 / 还有独门绝户 / 他们的亲人已葬身矿腹 / 这里静悄悄 / 鸟也不愿离开村庄 / 很近的啁啾 / 夜深人静 / 它们的声音像是亡魂的哭泣。正视现实，让呻吟的声音传出去，让社会去关注我们这些底层的劳动者，马嘶说。

我知道马嘶有多年走出家乡出外打工的经历，他去了河南、新疆和西安多地,去过建筑工地、下过煤矿坑道。打工人的潦倒与困厄,和父辈当年的艰难困苦一样,他切身感受到社会底层的呻吟乃至大地深处的呐喊,这些积淀,总能成为马嘶作品喷薄而出的凝练与嘹亮。

他们是忠诚之士 / 举着启明星把乡间小路照明 / 抚摸星星,与月亮一同前行 / 有的人尚在漆黑里跋涉 / 走进去,为他们点燃一盏明灯——我见过那些扶贫干部的辛苦与无私奉献,于是有了这样的诗作,马嘶深沉地说。面对父老乡亲和家乡故土,他对苦难是认真的,一如凝聚星星、月亮光泽一样的家乡闪亮的明天,他的歌吟与期许是真诚的。

蜀河镇原来称蜀河区,恰在蜀河与汉江交汇处,在家乡人和文人墨客笔下,蜀河镇是古老的悠久的,又是饱含挚爱与诗情的;不少篇什说蜀河是千年古镇,从而生发了无尽情愫抚今追昔、娓娓道来。美国作家贝尔斯在《左宗棠传》一书里,记录了当年左宗棠大军平定陕甘、新疆时,大炮辎重就是由汉水船载至蜀河而后陆路北上运至西安,之后,他挥师向西的。在南北朝时期,旬阳、蜀河一线成为军事斗争前线,据谭其骧先生主编的《中国历史地图集》和薛国屏先生主编的《中国古今地名对照表》,仅今天旬阳境内,就有临江县、黄土县、赤石县、甲县、闾川县 5 个县级行政单位,这些频繁的社会活动给这片土地赋予了广阔、辽远和富饶,也使后继者有了思想的丰厚与抒情的曼妙。

生于斯、长于斯,马嘶是丰厚的,马嘶也是曼妙的。

他看到蜀河的火狮子,说:越崖踏涧,一对壮狮 / 丈二红绫 / 引着灿烂奔向灿烂 // 握一把汉江之浪滴入蜀河之波 / 我的古镇,翩若姿娘

10

/ 千年风韵 / 犹抱琵琶谱新辞。

马嘶说：姑娘蜀河边浣花衣 / 蜀河入流汉江阔 / 一滴水一滴笑着的泪 / 东望飞檐青砖墙 / 古木方亭 / 麟麟老瓦卷苍茫 // 杨泗庙宇，江头上的巍峨 / 将军剑指长江远 / 涓流千万捣滩沿 / 古树悬崖，威风了浪涛 / 绫绫红绸，东去的大纛 / 破浪的声音 / 穿不动大殿肃穆的风 / 立地九尺汉剧戏台舞 / 英雄人物去了又还来。

故土情深，情深似海，马嘶还说：白云飘了过来 / 轻轻地摘下 / 放给故乡 / 他们幻化牛羊、草木、稼禾 / 幻化一支饱满的笔 / 书写 / 我的余生都是你 / 这块老地老房老去的灵魂 / 这块新地新宅新鲜的朝阳 / 植物的花朵和芬芳 // 我前半生属于我的皮囊 / 我的后半生属于我的灵魂 / 青衣布鞋青石上走 / 不变的乡道 / 系着房后的老青藤 / 田间的瓜秧牵着我的目光……

生于斯、长于斯，马嘶的生命与灵魂和故乡蜀河唇齿相依、生生不息。

不觉得，马嘶文学创作近 40 年了。

他从 22 岁开始写起，姿态是变幻的丰饶的：农民，村民组长，打工者和诗人，社会变革引发当代人身份认同的蝉变，为了生计东奔西跑一路烟尘，然而，亘古不变的是马嘶和他的诗歌；因为胸有诗歌，也便心有仰望......发了那么多作品，获了那么多奖，也就有了这本诗集的轩昂登场！

不变的诗言志、歌永言，不变的草根情愫、底层人们的奔逐颠簸、喜乐伤悲，及其呐喊之后的凌厉与嘹亮……

——马嘶说：善处闻达人，击节赞清风。

马嘶还说：诗是人生的欢喜，诗是灵魂的青山，人生憾事总是有，人生有诗无憾事。

诗中自有千钟粟，诗中自有黄金屋，诗中自有颜如玉——诗中，自有马嘶的欢乐世界、终极人生！

陈敏，中国作协会员，安康市首届作协副主席兼秘书长。

汉语的回望与抒情的深度浑融

—— 诗人马志高及其文学观建构

◇ 贾赛赛

马志高擅长以"静"和"慢"的姿态，聚焦于诗歌的审美体验，在关注人性和存在的基础上，反思庸常理性、追求诗歌灵知、探索生命意识，表达出对时间以及故乡陕西蜀河的思考与敬畏。他对生命本身的探索和感恩，对原始生命力的积极挖掘，对生命终极价值的拷问追寻，与对死亡的想象、疑惑、选择交织在一起，在矛盾挣扎中最大限度地展示了触动人心的诗歌魅力。

马志高的诗忧伤，古朴，清远，似空谷足音，他着力书写中国古典文化与传统诗歌价值，传递对传统文明和自然世界的反思。毫无疑问，马志高的诗歌属于知识分子写作，他对理想主义信念与纯诗注意追求、对终极、形而上等哲学问题关注，作品所具备的承担精神、苦难意识，以及诗歌具有高贵的品质都具有中和、悲悯、崇善、至美的色调与力量。同时，他吸收现代派的写作手法，追求诗歌修辞操作的专业性，大量吸收西方文化思想和语言资源的诗学观念，重视复杂经验和'诗想'的开拓，但同时又与"经验"保持一定距离、向乡村与哲学境界挺进升华，在当下具有一定的参考意义。

马志高的诗展现的是清苦而有所持守的生活模式，他熟练地驾驭着自己的写作技艺，通过对"现代性"的反叛，表达当下对生存问题的焦虑意识，对人的宿命、荒诞的生存境遇的思考。他的每一首诗，大都是基于对大地形体的真诚谛视、对世俗生活的真切体悟，有感而发。读他的诗，是具有哲学意味的，尤其是在诗歌意象艺术上，马志高有着自己独到的诗学见解，他摆脱了古典诗歌玲珑精美的诗语的诱惑，并在此基础上完成了抒情方式的改变。抒情方式大量采用内心直白、抽象而直接的理智化叙述，他的诗歌结构形式不是传统的空间结构，而是时间结构方式，具有一种直线流动感。马志高对"理想人格"的追寻，不是凭空虚构出来的某种理念，而是从传统的历史以及现实社会中的经验总结出来的。

一

马志高近年来创作的许多具有神性内涵的诗歌，化解了西方诗学对绝对性和实体性的执着，又超越了当代文化世俗化的维度。他的神性主义诗学写作崇高而强力，开阔而深邃，语言曲折多变，主题多是对生命、大地、故乡信仰的歌颂。马志高的神性主义诗学写作试图摒弃一般意义上的写作方式，尤其是在谈论虚无、命运这些空灵缥缈的命题时，他把那些感应的经验巧妙地进行了转换，使它们成为释放压抑的神秘化、审美化的意象元素。

诗人的天职是还乡，还乡使故土成为亲近本源之处。在马志高的神性主义诗学写作中，最大的特质是迷恋原始、质朴的、无污染的、纯洁高尚的民间主题。在他看来，那是人类和诗歌的源头，他执着地探蜀河的本源和未知的神秘，体现出一种强烈的溯源意识，这使得他的诗歌超越一般意义上的生存追问，直抵"存在"的核心。从马志高的诗学写作中可以看出，他以人格为建构中心，从日常琐细的形式主义中挣脱出来，以宗教般情怀呼唤诗性和人性，重返终极关怀。作品高扬良知、正义、爱和信仰；拒绝病态、堕落、漂流和黑暗，这也即是我在文章起始部分论述的关于后现代视域下当代诗歌写作的现状，这也恰恰是马志高对后现代主义思潮的强力反拨。

马志高无疑是有冒险精神的，这种冒险精神体现在其对文学样本的尝试、探索、融合之上。其诗歌对生命的肯定和感激、对生命痛苦的发现与承受，都是源于生命本能，其中爱和欲望是热爱生命的直接动力，即弗洛伊德所说的——每个人身上的"创造力量和肯定力量"与"所有的自足和自卫的欲望"，具体来看，即是爱。这里所说的爱指的是爱人、爱万物的大爱，既包括马志高对亲人、恋人的爱，又包括他对故土、万物的爱，这些爱让他在孤独痛苦的生命中感受到了些许温暖，激发了他关于生命的美好诗意，也是他吟唱歌颂生命的直接动力。

生命本能的欲望激发了马志高本人和他诗歌生命的巨大创造力。作为普通人的马志高，他的欲望是微小且相对务实的。"给个饱食的年岁吧／给个衣帽整齐的冬天／我们的孩子正在成长"（《站起来的时候风雨都是顺天而临》）。但是作为诗人的马志高，他的欲望却是趋于无限的宏大，满含着诗人的野心。如诗中反复提到的"母亲"这一意象，这是马志高诗歌中经常出现的意象，虽然从广义上这个意象象征着生命和一切的起源，但是马志高关于此的最初诗意则是来自于自己的母亲，她不仅赋予马志高的生命，而且激发了他对生命的诗意，一件简单的事情在诗人笔下变得无比动人。其诗充满着对生命本身的无限感激，这里的"母亲"意象含义丰富，不仅仅指诗人实际生活中有真实情感中的母亲，更象征着生命的起源。在《汉江，我们敬仰的河流》(组诗)中，"汉江　孕育了一个朝代 / 孕育了波澜壮阔的历史 / 你是大汉朝的母亲河 / 汉人汉字汉文化的乳母"。

马志高用宏大的构思方式来代替具体的文本操作，宏大中带着现代心灵对远古奥妙色彩的探索，使这类诗歌带有诗史性色彩。汉江哺育了世世代代，诗人热情地赞颂了"母亲"所象征的生命本身，语言是清晰而纯净的，没有任何异质的混合，他用清新的语言酝酿着某种亲切感和诗意的存在，传达出诗人充满善意、和谐的生活观念。并且用诗人的热情赋予其伟大的意义，充满热情和感激地去赞颂，诗人倾情地将其称为母亲河。

在《悲乎岁月 / 喜乎岁月》(组诗)中，他说道："还有新衣裳 / 一块白粗布，染房分出蓝与黑 / 锄禾傍晚归，煤油灯里照夜昏 / 一针一线 / 一曲一弯 / 母亲把寒凉缝补 / 风围着陋室，风也怕冷 / 缕缕棉絮袖中飞 / 辘辘饥肠奏哀章。"如果说"母亲"象征着生命的诞生，那么"家园"则垂直向下进入了生存的层面。以承载生命的"家园"为中心，汇聚了"村庄""古镇""土地""故乡"等具有原始生命力的意象，从而赋予生命与生俱来的厚重感，他将自己的目光径直瞄准了乡土的原始根基，即由乡土所展现的大地本质、生命存在和精神背景。

生命本能中的爱所指向的大爱，即马志高对自然万物的爱，影响了他诗歌创作中的另外一些主题，这些主题恰恰是生命所需要的，发现的心灵和恻隐之心。对自然万物的爱在马志高诗歌中表现得纷繁杂多，在马志高的诗歌中，土地在诗人心里和笔下都有切实的厚度，是生命的根基所在，虽然马志高对生命本身充满感激，而且也感受到了生命的温度，但最终还是发现了生命孤独痛苦的真实面目。普通人很有可能孤独而不自知，痛苦而麻木不仁，而先清醒的诗人虽然在孤独着、痛苦着，但是始终没有放弃创造希望，给予别的同样孤独的生命以希望。"仓廪里的谷物有了彬彬有礼的光芒／在田埂、在阡陌纵横的土地上／父亲也把铁齿的光芒给了土地。"（《悲乎岁月／喜乎岁月（组诗）》）除了母亲、妻子、父亲、儿子等也构成了最动人的生命诗意，不管是温情还是苦难，其中都包含着诗人的爱。除此之外，对妻子的爱也让马志高发现了生命中不可或缺的关于爱情的诗意，那些或幸福或痛苦的感受，都是爱给予生命最美丽的馈赠。如在《又是惊蛰日》中具体地体现了爱这种生命本能。

由此我们需要指出马志高诗中一个关键的语词机制，即隐喻。隐喻是马志高借助语象思维的语思特征。隐喻与意象、思维三位一体，隐喻与象征有很多重叠之处，马志高的诗歌经验是复杂多样的，矛盾分裂的。这种复杂的经验只有用隐喻才能得到充分的表达，隐喻使马志高诗歌语言肉感、抽象、含混多义，它超越了理性与非理性、逻辑与非逻辑分明的界限，背离日常语言中的逻辑和思维方式，衔合起意象和经验的碎片，使诗歌走向统一，使复杂的诗歌元素成为不可分割的整体。至此，可以确认，马志高诗中这种亘古不变的"蜀河"存在之姿，是以客观的自然伟力，熔铸了"蜀河"身体学意义上的神性格调。诗人在自然崇拜和生态伦理诉求的诗性和弦中，为我们描画出了高原"蜀河"的伦理秩序，进而为我们阐释一种自为的自然世界。实质上，诗人的这种书写策略就是对自然生态的一种理想谋划。

马志高的神性主义诗学写作显示出了神的"在场"，诗歌在语言和思想上都耀出神性色彩。其对历史经验的内在转化，对超凡之物的领会，都打上了浓浓的神秘感。其中既有对社会现实和现实人生的强烈的忧患意识和鲜明的批判意识，又有对生命价值的沉痛追问、对人格尊严的张扬、人生理想的深度关怀等，通过对死亡、命运、历史等的诘问或言说，闪现出灵性的智慧之光，从而体现了马志高鲜明的传统人文精神和文化寻根意味。

二

诗是强烈情感的自然流露，马志高诗歌透射出浓浓的抒情特质，尤其是他近年来的作品，精准地把握了浪漫主义的诗学要点。他在书写浪漫主义风格的作品时，打破程式化的原则，追求奇特、神秘的艺术效果、强调浪漫的纯度和力度、侧重表现生活的瞬息万变、精神的动荡不安以及富于特征性和神秘性的各种奇特现象，而这也正是浪漫主义诗人对世界中的神秘感应所特有的思维方式。马志高以强烈的主观态度、热情奔放的情感力量、无拘无束的幻想精神、奇特神秘的艺术色彩，将浪漫主义文学的内蕴发挥到了极致。浪漫主义在马志高这里即为还原、还原个人感受和主观经验，这也和浪漫主义文学原理相契合。

理性在马志高的诗歌中不是克制情感的手段，而是与抒情共同的存在，马志高的浪漫主义诗歌与其他诗人的作品相较，没有刻意彰显理性或智慧，他的哲理是诗人主体的生命感悟和情感体验的抒写，透露着生命的真诚和真实。而阅读马志高的作品后，会发现马志高诗歌中情感与理性的表达则恰到好处，浪漫抒情中有冷静的思考、哲理的思辨，展现出情理交融的境界。从抒情主体的角度看是个体内视之下灵魂的袒露与书写；从抒情对象来看，更多表现对形而上的思考；从抒情方式来说，在自由状态下的声音的有序组织成为诗人追求的一种理想方式。而这些基本的抒情原则确定之后，理性的思考、深邃的思想、热烈的情感三者结合之后，实现了新世纪之下，马志高诗歌对浪漫主义的根本性的反拨和超越。

在探索"返乡"的路径上，马志高不仅是要回到"蜀河"这一故乡，还有他所依恋的精神故土。马志高的"返乡"精神投射出尼采"超人哲学"的影子，其次，在探索生命的归宿上，马志高认为生命的终点是回归故乡的"村庄"，这里是公平的圣地，它绝不沾染世俗气息，与城市永恒地割裂开来。这片土地上的春耕与秋实、丰收与失败，都取决于劳动者的勤劳程度。而后马志高创造了"和平与情欲的村庄"和"诗的村庄"，他的诗歌版图不再是小小的村庄，而是类似于桃花源的空间，在经度上指向传统的《诗经》《楚辞》，给了马志高诗歌古典韵味，在纬度上贯穿叶赛宁、荷尔德林、塞尚等，他们是诗人、画家、哲学家，给予马志高浪漫主义的情怀与现代主义的哲学思辨相交融的精妙构思。

马志高便是在一步步的"返乡"途中觉醒了主体意识，探索生命的意义。诗歌写作不再是形而上的符号，而是尘世的真实写照。马志高不再是马志高，他脱离了躯体的限制，脱离了"马志高"的符号，找到了作为"人"而存在的精神故乡。他终于可以"为善良的生活灵魂唱歌"。因为"黑夜"本身带有的负面的内涵，马志高的诗歌里常常用"黑夜"来增加诗歌的一种持久耐读的况味和一种独特的审美气质。

马志高在一段时间里出现的"黑夜"意象，例如"就是黑夜 /

挂满天空的星光 / 孤独走夜路的人因此而慰藉"(《池塘荷叶》);"关于黑夜的传说是来自黑色玫瑰园 / 一只鸟的出现与嘶嘶鸣叫后的沉默"(《一闪而过的念头》),这种意象丛将其内心外化为一个冰冷的干燥的世界。有点荒诞的是,类似这种意象反而给他的一些特定的诗篇添加了一丝温暖色调,有抚摸其内心创作的功能。在这个意义上,"黑夜"使其获得平静面对外在世界的一剂良药,"黑夜"在马志高的诗艺追求中俨然成为他的一种独特诗歌修辞。然而,在历经"茫茫黑夜",寻求"黎明"无果之后,"黑夜"的内涵就沦为纯粹孤苦无助和彻底绝望的内心写照。

三

在古典诗学的范畴中,如何才能在诗歌创作中实现含蓄蕴藉的中和之美,刘勰在《文心雕龙·神思》中的前两篇中,有过甚为精辟而诗化的论述:所以在古典诗学中,外在的中和、平正、笃定、祥和的传统式美学效果,是与写作主体的行为息息相关的:包括创作主体仔细酝酿文思,保持虚静心志,清除妄心杂念,宁静专一地专注于语言的拓展等。正是因为秉持虚空宁静的心思,并加强内在心灵修为与修养,诗歌的内容蕴藉、作者的思想感情和文章的遣词造句三者才能结合得紧密而自然。

在此间,不追求刻意造作的冥思苦想,而要体悟生命、外物、自然的整体之美,将自己的主观情感与外界的客观存在融会贯通,并通过平和的、冲淡粗粝的语言形成鲜明的意象,进而产生或深厚、或淡远的情调。在这里,我们能深刻体会到,马志高在民族品性构建美学层面上的中国性的塑造必须有深刻的内在文化修养与内心境界的修为。有了创作主体本身清高、笃静的文化心态与传统积淀之基础，才能构建出此种美学维度下的汉语新诗。

是为序。

2023 年 11 月 19 日作于乌镇，写在茅盾文学奖颁奖之夜。

贾赛赛，中国作家协会会员、中国文艺家评论协会会员。

序四

论诗人

◇ 任国平

把诗人分类，实际上是一件很蠢的事。中国诗歌常常以那些达官贵人才子佳人的"诗"作为流传的文学全部库存，说好听了，这其实是读诗的误解，说难听了，也是对"人"的一种"贬低"。

《文心雕龙》的作者刘勰借用古人虞舜"诗言志"的话，说诗是人内心情志的语言表达。是人，都有情志，是人，都能用语言来说话，来表达情志。这点上，普通人和达官贵人没有什么不同。

比中国刘勰早 800 年左右的亚里士多德也肯定了诗是人对于自然的美的表现，即情志；认为诗有两个特性：诗是模仿人生的本性的一种技艺，以表现人对美的事物的天生的美感能力。这是人类对诗歌的最普遍的认知。亚理士多德进一步解释，只有人，即使是普通人，也有模仿的能力，也有寻求真善美的能力，即洞察人和生活的本质，通达真理，欣赏令人愉悦、引起快感、捕捉美感的能力。

既然是人都具备模仿和创造美的能力，那么是不是人人都能成为诗人了呢？倒也不是，成为诗人也需要具备语言的驾驭能力。诗人和非诗人的能力是能不能将模仿和对美的认知用诗的语言和艺术手法表现出来。

诗人就是能驾驭语言，将模仿人类活动和自然的美感艺术地表现出来的人，这是对诗人的定义。是人都能成为诗人，只要他们具有在人类的活动和自然中捕捉到美，并且把这种美用艺术的语言表现出来的人。

写了以上这些，就是为应一位朋友之托，为她的一位诗歌同人写一小篇评论文章。这位诗人名叫马志高。马诗人是回族人，农民诗人。生在陕西旬阳。我在他的介绍中读到了他的诗观：寻诗性、解生之困、化红尘劫、赞清风、血性隐于骨、风雨江湖路。如此宏大的诗歌观，注定要写出惊天地、泣鬼魂的诗。

果然，翻开他的诗作，满眼都是宏大的主题。他所写的不尽是一首首从田野长出来的小花一般的小诗；还有对大山大川钟情和依赖。于一个读者，他对江山的独钟，都在分分秒秒地叙说人生大悲大喜的宏大叙事：

在《蜀河／我的乡关》的诗组中，从汉江蜀河开始叙事：

> 奔腾的蜀河汹涌的汉江
> 它们漫进了我们的古镇
> 从鳖盖子从码头老鸦嘴
> 从南城门上城门北城门
> 一尺尺将老石墙老砖墙
> 漫淹　漫泡
> 然后它们又悄然而退
> 年复一年

阅读这一段诗，在读者的大脑的屏幕上有了很强的画面感，汹涌的汉江水冲入蜀河，又漫进古镇，水从滚滚盖过码头到老鸦嘴涌进城内的石墙老屋，年年如此。祖代生长在这里老老少少面对如画

23

的水景，怎不在脑海里唤起怀旧的旧情。刘勰说这是情志中的情，自然，诗到了诗尾便必定有了志。

> 我们的灵魂
>
> 刻在青石上
>
> 刻在黑瓦老砖上
>
> 血液已与这片土地交融贯通

进一步欣赏这首诗的时候，汉江蜀河、秦砖汉瓦，无不向读者传递着岁月不能磨灭的美感。整首诗充满着作者对故乡的深爱。

亚里士多德认为诗是一种技艺的产品，这种技艺注定要有很强的对于人生的洞察能力和对于美的捕捉能力。作者的大多数的诗都洋溢着人和自然的美感，他的那种捕捉美感的能力不仅限于直觉的，很多时候，是认知的，即理性的美。

在马志高的《虫鸣晚夏》诗里，我读到了他从细微处捕捉到的一段不能忘怀的美：

> 万千碎虫从春天的翅膀上跳了下来
>
> 沉入地底深处
>
> 等待闷烘烘的时间过去
>
> 一场雨
>
> 一场不大的雨带走了一些酷暑
>
> 云高风缓
>
> 白鹤在天空洒下自由的唳声
>
> 麻雀的千千小舌啄着空气中的湿气
>
> 我与万千虫儿爬出土面

这段诗文的第一句惟妙惟肖地描绘了春夏小生灵们的灵动的意

象。这场描述充满了夏天闷热的天气，人们多么渴望有云，有雨，有风，带走使人昏睡的闷热的心情。一场雨，带走了暑气，灵动的虫鸟再次显现。诗人让这样的带着生命的夏天带着读者走进大自然，走进鲜活的具有动感的夏天，多么的美妙。我在想，难道这寥寥几笔，不是把诗人捕捉到了的那一刻的美送给读者，让读者沉浸在惬意的酷暑风雨中了吗？

不过，按亚里士多德的诗论，一个诗人如果仅仅只具有捕捉感性和理性的美，还不足以说明他是一个合格的诗人，按亚里士多德诗论中的观点，一个诗人还要在美中勇敢地捕捉到人类的真理，不仅如此，还要把真理大声疾呼地喊出来，艺术地喊出来。这样，才能算得上一个真正的诗人。

诗人马志高的诗有情志，有美感，有惟妙惟肖的场景，还有故事和灵动，最重要的是有志向和求真理。他的诗值得阅读和欣赏。

任国平，美国中文作家协会会员，休斯敦华文作家协会会长。

目　录

蜀河 / 我的乡关（组诗）

你满怀了对故土的眷恋和深情
你的深情一望无际而孜孜不倦

这方土地孕育了我们千年眷属
这方土地养育了我们千年至亲
我们的故乡
永远的至尊
永远的至贵
永远的至爱

1

雨啊你不能这样无休止地泼洒
如果你想用雨水洗去人间肮脏
那么我所居住的蜀河是干净的
蜀河汇入汉江汉江也是清澈的

2

每年季节雨　倾泻不止
人间的丑恶人间的龌龊
怎么可能在一时间被涤尽

可是你积水成涝而洪浪涛涛

奔腾的蜀河汹涌的汉江
它们漫进了我们的古镇
从鳖盖子从码头老鸦嘴
从南城门上城门北城门
一尺尺将老石墙老砖墙
漫淹　　浸泡
然后它们又悄然而退
年复一年

老胳膊老腿的古镇啊
在风中飘摇被雨侵蚀

3

远古　　蜀河
或者就是一片古木参天
或者就是一片汪洋之地

也许曾经就是汪洋之河
鱼鳖闹江林兽奔窜之地
还有我们先民裸身于野

四千年前　　大禹一锤一凿
从而有洞穴见证大禹之息歇地

见证大禹"疏顺导滞"自高向低
壅塞的荒水　顺流而入汉江而入湖泊
而后合通四海
洪荒之地　从此人烟四起　遍地稻穗
夏朝商朝东西二周朝　荒野有居
秦帝一统　蜀河列郡　汉帝置县
中华一统　蜀河再列县府
故居蜀河　贯穿历史卓越而今

4

江水　从历史之中漫淹而来
我们的古镇浸泡在历史之中
我们总在历史之中露天见日
我们的乡亲啊太执拗而坚强

5

诸神安坐庙堂里与会馆里
它们根本听不见浪涛相击
看不见水漫菜市水袭民居
威严的面孔永远朝着一方
森严的大殿枉存一股正气

那棵老椿树悬空而生
守望汉水经年
观涛声来望涛声去

老根扎进了汉江深潭

深潭里的水差点迈进了庙

弘治十一年　一九八三年

6

蜀河

乡音集散地

黄州人聚首黄州馆

他们谈赤壁谈曹操

谈苏东坡的千古人物

翻滚的江水里风流已去

陕西人义敬三义庙

他们敬那个卖草鞋的

蜀河山上遍生龙须草

足够了刘皇叔士兵受用不尽

兵走蜀河用清水解饥渴

跟着他的那个红脸小贩关羽

过五关斩六将蔑视富贵美色

万敌丛中驰骋呼杀血染战袍

还有那个杀猪屠夫张飞

一声怒喝　长坂桥魂魄俱散

依秦岭之南

依三千里汉江之浇灌

成就了一代帝王三分天下

船艄公虔诚杨泗庙
他们叩求风调雨顺
少些洪涛多些缓流
以求四季有平安

江西人齐聚万寿宫
共商经营策略大计

蜀河人共祭火神庙
拜龙王拜神狮拜山神

一条河流被融合
那些穿上穿下的巷道
那些青石长条的台阶
走着往来的北去的行者
印记着生活的酸甜苦辣
书写着"汉江小都会"
也有书声琅琅
城南书院的旧时光
被今天的小学 初中高中
演绎完美

7

河水之洲　皆有缘由

蜀王凌剑向天啸

一世豪情青冢地

涓溪从此称蜀河

多少英才不冠名

8

古老的土地上埋着秦砖汉瓦

埋着老树青霜

你走在老巷后街上

脚尖轻微些

那些坐在木椅上的老人

他们已经忘却了一世的艰辛与苦难

他们正在享受今世的安逸和温暖

有一位老妇人

慈眉善目宛若菩萨

她对着往来黄州馆的客人

总是一副热心肠

她在静颜盈盈中无疾而终

她的碑文这样写着：

杨柳青，逝年九十九岁

也为英年早逝者再致默哀

抗匪英雄安连长

一九三八年

阻止刘焕章匪队血洗蜀河

十一个人打尽十一把枪子弹
父老乡亲安然撤离了
十一个人壮烈牺牲了
大半个世纪　英雄
仍然刻在我们的骨头上

9

我们世代居住的乡亲
身体茁壮意志强悍
或抢险救灾或波涛救人
一身凛然正气一片侠骨热肠

10

古镇复制了过去崭新了今天
故土难离
我们的灵魂
刻在青石上
刻在黑瓦老砖上
血液已与这片土地交融贯通

你满怀了对故土的眷恋和深情
你的深情一望无际而孜孜不倦

这方土地孕育了我们千年眷属
这方土地养育了我们千年至亲

我们的故乡
永远的至尊
永远的至贵
永远的至爱
——蜀河
我的乡关

2017 年 12 月 3 日于蜀河

春风忆

晨曦正在轻叩窗扉，鸟的歌鸣已经抢先入了室内
风抱着各色花等，不紧不慢跟着
花的味道将昨夜衍生的黑色梦魇赶出窗外
鸟儿的清唱越发地欢

家乡的清风明月后是林风摇碎的晨光
雄鸡啼鸣时
邻家的大鹅伸出长颈发出哮叫
小草听到了它的脖子发紧的声音
老树长枝叶茂，青砖依黑瓦
黄狗作势欲捕，黄猫跃上了高墙
虫隐草丛拾露
一条黑色的蛇进去，珠落光影惊

春风轻起时，注定了有的记忆刀刻花岗岩
二〇二二年二月二十四日，当第一声枪响炮轰
正在盛开的百花开始了凋落
万种植物的叶子也无法拭去人间的眼泪
春风当知恨，是战火煮沸了春雨

"假如生活欺骗了你"
普希金的诗句曾让万千人感慨
专制制度与民众的关系问题
先生，向您致敬！您百余年前的觉醒
给了许多民族奋斗者不息的精神向往

春寒料峭时冷风不止
倾耳凝听《国际歌》的声音吧

悲乎岁月 / 喜乎岁月（组诗）

1

掰着手指数着日子，渴望着过年
少年时最喜欢的童谣
字字句句
吐辞稚稚的语言
风听得清

双手捧着麦子面馍
我们的嘴欢乐地
一唱一和
大口地喝着肉汤
萝卜炖羊肉
每年的最初的香
每年里最后的香

还有新衣裳
一块白粗布，染房分出蓝与黑
锄禾傍晚归，煤油灯里照夜昏
一针一线

一曲一弯
母亲把寒凉缝补
风围着陋室，风也怕冷
缕缕棉絮袖中飞
辘辘饥肠奏哀章

2

幼稚的我，埋首瓦缸寻找温饱
古老的镇子里碎风空瘪
吸吸溜溜的声音从木檩阁楼传来
食欲疯狂而深情地张望
一角红薯片从一张嘴里遗落
迅疾之中它可不能被人踏伤
弯腰扶起这天降的味道
用嘴含住，不能化了
我的舌腭
还是生出野性的吞咽

3

村路与我窄小的脸同样面黄肌瘦
大哥牵着我的小手去学堂
艳羡的目光，二哥，瘦弱的
一只小山羊跟着身后，坡地
青黄不接的草木
锅与碗常常相对而叹

空空的风来空空的风去

筷子兄弟立一隅

目及土地上的庄稼，测算着颗粒

4

那一年，那个一九八一年

一股强劲的风从南方吹来

许多事物的传说格外生动

八亿人手执种子迫不及待

九百六十多万平方公里的土地

忽然一夜花开神州

欢呼雀跃的种子

举锄犁绘彩于土地

所有的庄稼浆水饱满

仓廪里的谷物有了彬彬有礼的光芒

在田埂、在阡陌纵横的土地上

父亲也把铁齿的光芒给了土地

把犁铧的光芒送给了土地

一簇簇绿一簇簇金黄

喜悦不断地茁壮

更有万紫千红的芬芳于千山万地

5

那些年那些日子

一首歌谣

父亲快意地挂在村口上

许愿于晨起的太阳

许愿于晚升的月亮与星辰

六十岁啊，华甲年

一个黯淡的岁月被穿过

一声息叹

横卷的老泪，冲撞

老粗碗一颤一抖

那条长面卷住筷子

银色的胡须抖出一阵阵风

父亲举杯。众乡亲举杯

五谷醴酒敬拜这个国度的秩序

五谷醴酒敬谢这个国家的忠良

五谷醴酒相敬，厚道的乡亲

互致岁月悲欢

伸出五指划江海奔腾不息

这面坡地上所有的生灵醉于欢呼

所有的欢声笑语披在古镇肩膀上

6

勿置香烛于大殿，勿扰神与佛

面对高山大地，祈祷的愿
在国土上一日复一日潮起潮升

曾经那面秃山，不见了鹰与兔子周旋
曾经那块坚地不见鹌鹑与狐狸捉迷藏
我的父亲，我的乡亲们，一双草鞋
织一片绿色翻浪，踩出松软的沃壤
饱了一季又一季，黍稷高粱
夜莺引唱，百鸟共鸣
大海伴奏涛声
高山林列雄壮

7

八十岁月
父亲
举杯邀乡邻
共赴喜悦

彩船进了古镇
荡漾的浪，上滩，上滩
老门铺面上刻着一道道吻痕

越崖踏涧，一对壮狮
丈二红绫
引着灿烂奔向灿烂

握一把汉江之浪滴入蜀河之波
世之英雄——龙的图腾
于故乡得志而四海踏涛

顺风顺雨留给了树木与稼穑
我的古镇，翩若姿娘
千年风韵
犹抱琵琶谱新辞
恰生才俊郎
铺春光，饱蘸雨露，挥笔扬豪情

生活是把腰杆挺起来
把自己举成一把火焰

纵然我卷脸白草，犹自盛开的花朵
大地广袤普恩泽，生世愿是中国人

2019 年 1 月 5 日完稿于蜀河
2019 年 1 月 13 日修改于蜀河

星辰落给黎明时仍旧黑暗

以前的夜鼾声四起呼噜此起彼伏
村庄就像储满了肉与脂肪的熊猫
安然着安逸于夜
今晚的夜充满着焦躁的悲凉气氛

是不是春天已经从我身体里溜走
留下枯枝败叶蜗居我的额头
噢
我已经明白
明白了这个尘世为王者的荣耀

我还是有盼头
星辰明亮于夜
落给黎明前
我知道月亮也在最高的楼前
照着没有夜归的人

我醒来了
走出屋子
也许因为先天的营养不足

造成了头晕眼黑

我看到的黎明模糊不清

而墨色，如黑海的浪

一波一波地袭向清晨

2023.3.9

我从古镇绕西而行（组诗）

穿过零碎的村庄 / 去一片土地上 / 寻找 / 一滴血染红的种子 / 芍药 / 花香穿过肺腔 / 金银花般的清凉 / 一群鸟的飞翔在林子里 / 呢喃着 / 碎言着 / 耳鬓厮磨着 / 有一棵树它独立成林 / 供鸟们栖息

——题记

1

古镇上住着我的故乡

我的脚步从出生便被故乡悉听

故乡从不愿意我的远行

他们喜欢我的率真

昨晚的急雨　润泽了干渴干燥的陕南大地

润泽了土地上的树木和庄稼　润湿了尘土飞扬的乡镇路

但是还不能将我一夏的燥热安抚

黏稠的血在身体里迟滞缓动　常让我眩晕

我没有向我年迈的母亲告别

我不想母亲的牵挂伴我远行

别下生病的妻子

心揣祈祷

带着伤痛的右脚

折枝做杖

有一道清波　　他在江湖

有一丝清凉　　他在远方

2

一条河流从西岔而出

一条河流从竹筒而来

汇涌到此　　形成合汇

于是此处　　叫了双河

水到渠成　　便有了新桥

并无许仙和白娘子的传说

只有下午的阳光隐去

桥头下有浣衣的老妇

有几个不大的孩童戏水

几只老鸭　　从他们身边踏水而去

有挑着竹篮的老农和农妇

他们在桥头　　守着菜篮

望着早晨从地里摘的菜

望着窄窄的街道

街道里凋零的往来人

也不吆喝

3

八里路前　　有巍峨的纪念碑

八十年前　　一把红色的火花

在这群山里灿烂

有高尚的人倒在一堆乱石上

最后一滴血将一粒种子染红

高尚的人死了

他们的灵魂　在那座纪念碑里永恒

高尚的人　阵亡的身体肥沃了大地

高尚的人　精神长在　渗入了人心

对于高尚灵魂的叩拜　无须香表纸烛

那会惊动他们的灵魂　使他们的灵魂蒙垢

我只用垂立的仪式　默哀

高尚的人对于人类所做的牺牲的敬拜

红军乡——在中国大地上响亮着

4

穿过穿趟平　溪水如柳

从西川到东川　都是山

一坑一洼　是山路的性格

传说中的掉驴匾已罕至人迹

而茅坪　已经被群楼占据

冒着青烟的水泥街道　人烟稀少

一辆三轮车　一头黄牛被绳拴在车帮上　黄牛的眼睛睁得鼓圆

目之所及　那些流浪的猫狗　它们的身后是一位流浪的老人

一副担子　盛装废品

一副面容　蓬头垢面

我们都无法预测自己的明天

只有前行　才可以揭晓明天的答案

路过北羊山

北羊山　石头的景色

黑色的石头　在坡地上开着黑花

黑色的石头　像士兵列阵于山里

只是手中没有长矛大戈

犹如我们的农夫　没有了锄头和镰刀

5

北有北羊山　它在镇安

南有南羊山　它在旬阳

它们都是陕南的山脉　有草吃的山脉

背依苍莽的大秦岭　有靠山的山脉

那么西口　那么岭沟　那

绿茵茵的山啊　绿茵茵的树木

还有绿茵茵的花草和藤蔓

我一路行去　我一路吸吮这鲜美

犹如婴儿贪婪地吸吮他的母乳

从程家川到曹家川

从米粮川到张家川

川川花木相惜　川川粮草爱怜

以及二十三条岭和沟

山与云齐　树枝与云朵把欢言情

云与山会　云朵与山岭亲密相吻

这些云朵　从陕南的上空　从四川的上空

从安徽的上空　飘过来　飘过去

穿过零碎的村庄　去一片土地上　寻找

一滴血染红的种子　芍药　花香穿过肺腔　金银花般的清凉

一群鸟的飞翔在林子里

呢喃着　碎言着　耳鬓厮磨着　有一棵树它独立成林　供鸟们

栖息

多么喜欢一亩沃地一亩水园

多么喜欢一块茂林一块修竹

忠诚的人给了我们满面的红光（组诗）

1

北面的黄土墙啊

抵御北风抵御北雨

在一面坡地上站立几十载

一顶草帽遮不住破瓦烂檩

一双草鞋载不动伤寒老腿

厉风不止，恶雨交加

我的乡亲

他们当中的一些人

根本不愿意憔悴的生活

嘲笑他们不尽的苦楚

2

想着土地，想着人民，他们

心鲜红，氤氲待哺的人间

他们是忠诚之士，举着启明星

把乡间的小路，照明照亮照宽

林立的新房，明明亮亮的光辉

许许多多的人出出进进
都是我们的乡亲
脸上芳华新生

抚摸星星，与月亮一同前行
有的人尚在漆黑里摸着漆黑
去为他们点燃一盏灯

抚摸山草，露水搓洗倦脸
同太阳比肩而行，比着笑
把一轮灿烂置放人间

常常与土地亲昵，与植物为伍
玉米林是保卫人间烟火的战士
与它们共同列阵土地上
怀抱果实
金灿灿的颗粒照耀人间

栗黄色小麦
人间烟火最忠实的可靠者
顶着冷雨下地，披着白雪
绿茵一个冬。举着初夏的盛炎
一腔热情全部献给了耕作者

一片黄色的灿烂铺在乡村

浓郁的香一层裹着一层
滚动人间，这大片的油菜花啊
把全部的情感怒放大地

叩谢土地，叩谢一切植物的果实
叩谢国家，叩谢那些忠诚的人

2019 年 9 月 21 日于故乡

一把老椅子

那把旧椅子接受了我的落座
它由四个腿支撑着椅面椅背
由于年代久远被虫蛀
又常被人挪来挪去
它的腿有了骨质疏松症

与其说我坐一把椅子上
不如说我坐在一片声音中
它咯吱咯吱地响
似乎是抗议我的落座

其实，我高不过一米六几
连衣服带鞋一百三十斤
并不可能造成它因负重而喊痛

我还是寻思
我坐在上面是不是造成了它的困扰
是不是年代久远它觉得人不配坐
抑或觉得它的老古样式
已经落伍了时代？

但是

它的呻吟声造成了我的困扰

我起身离开

看见其他人坐了上去

未几，那人也站了起来

离开时，又有人坐了上去

如此往复循环

我发现，没有人去坐了

他们宁愿直着腰站着

也不愿坐着听那吱吱嘎嘎的叫

这暮气沉沉的吟唤

只能催人快速老去

我站在原地寻思

离开这把老椅子

是不是就是一个新的开始

2022.11.8

在河边　听风　或者回忆风

1

河风，从水面上，从岸两边，习习无痕而至山川田园

犹如江水烟波之浩渺，任由鱼儿自在地游弋

任由盆子大的黑老鳖和皮毛光滑的水獭

在河岸里留恋阳光，又在江水里自在地潜进潜出

以及那些众多的水中精灵

将生命了无迹痕地寄栖在芳草水泽里

河风，从阡陌纵横处，从草木芊绵处，摇曳一切生动　亦犹如

被潮水洇浸的土地

继而润泽了土地上的小草，河柳，以及所有的植物

润泽了我们生存之食的庄稼，亦如将我们的生命润泽

2

在河边，不仅仅是回忆已经拂走的徐徐清风

不仅仅是回忆清波荡漾里的那些精壮的鱼类

不仅仅是回忆两岸阡陌耕田的牛和青秧里劳作的农人

还有记忆里的遍布岸边的青色鹅卵石，那些光滑干净的鹅卵石

还有响沙，那些干净的深厚的透着响亮的河沙

在河边，回忆捣衣的女子今去了哪
留下的捣衣石，是否随她而嫁了？

在河边，回忆那些摇橹划桨的木船
是否驶向更远更深的大江大河里去了？

在河边，寻找玩沙戏水年少的我
在河边，寻找汗滴的青春去了哪

在河边，听风，是不是往昔的风
回到了河岸

在河边，寻风，是不是往昔的风
搅动了江面

立在河边，听风，听这生命的风，徐徐拥来

2017 年 7 月 19 日于蜀河

白露的时候我已经离开了寂寥的故乡

1

谁能与我话桑麻

话五谷杂粮

话它们的长势与收成

这片在犁铧下翻滚的土地

已经成为父辈们长眠之地

尚在世的已经无力举起锄头与镰刀

甚至或被健忘

或者不屑于浪费关于田陌的语言于我

就像往昔他们种庄稼的粪水

一点一滴，吝啬于草木，而专注作物生长的土地

我已经迈过白露

我的后辈，在白露对岸

他们对"白露"的陌生

犹如他们对整个农村历史的浑噩

为故乡对我的嫌弃而苦恼

她怕自己贫瘠的身体

长出的蜀黍

不能让我打出响亮的饱嗝

无法供养我身体的健壮

实质上我的瘦骨弱肉已经成形

那年白露，开启了我漂泊的旅程

2

叩开城市的门

是一双血肉模糊的膝盖立下的功勋

能被坚硬的城市收留

还归功于我发臭的汗水

流进了一块旱地

一株刺玫瑰得到养分

之后

我四肢勤动

生出源源不绝的淋漓大汗

把大片的污浊之地冲洗

将干裂的土地浸出绿茵

把平地叠起来直逼青云

给平静的街道以车水马龙

三十年后，这个庚子年

故乡仍然

没有发出挽留的声音
唯荒草疯长，荆棘横途
再次被嫌弃的苦恼更甚
土地已经不长植物的颗粒
再次逼我出行

3

城市高兴
莫过于像我等
出现在建筑工地
出现在工厂
出现在环卫工队伍里
……
城市的上空
一个大馍在风中摇晃
它是为进入的人
挂在脖子上的烧饼
绕着边沿，努力够着吃
它的重量丝毫不减
一躯弯着的脊梁
一支箭被搭上
一支射不出去的无头箭
我努力着把腰挺直
让高高在上的楼盘
节约点鄙视的斜光

幸好身上已经少了许多
来自乡村的
五谷杂粮的原始味道
比如秕谷与麦芒
没有农肥与翻耕的新土和
粘在脚踝或者脚尖上的
那种刺入眼鼻的污泥

保持一呼一吸
急促的还是假装镇静的

熙熙攘攘的城市
高大的古城墙被挤在边上
相比于我典雅的朴素的故乡
它们
是两个分化的世界

如织的游人
他们交替的脚步
加重了城垛寂寥感

沿着城墙根

我的脚步是轻微的
摸着坚硬的老砖

去年的影子还在埋伏

它们试图砸死光阴

闪烁之下

一块千年青玉

碎在光影里

明亮的火气稍减了几分

4

抽出血液给一盏灯吧

离开故土的人

已经是睁着眼睛的盲人

白露洗不掉

粘在眼角边上的眼翳

等待仲秋预演月满

等待预言里

农作物壳黄粒圆

渐消的温度

爬上背缝

准备衣物，避免着凉

秋风已经徐徐到达我的脸面

胡须的水分正在大面积流失

化为白霜

当干燥来临

一把火也就来临

立在晋中大地

惶惶然
一根野草在风里自由晃悠
想对它说
咱们换个身份吧
看它惬意的样子
于心不忍
我这种人
活该寂寥如影随形
什么时候
来一场寓意式祭奠
那种荒凉
对我的远离

大雪节无雪

大雪的节气

太阳隐进云层

腾出天空

给大雪纷飞

大雪隐身于天空之镜

我也隐藏于天空之镜

我是藏在一片雪花里

那是多年之后

一片雪花飘到我的眼前

我握着自己的身体

摇出一对翅膀

飞了进去

待大雪真正漫天飞舞

我的真实将现

落于土地

随雪融化

之后

我才可能隐于天空之镜

2021 年 12 月 7 日

那块沉入江底的石头

汨罗江岸

那块与风雨同舟天地的青石

并没有带着夫子沉入江底

只是带着一个沉沦的王朝

灌满的江流，溅飞的落花

是你身上崩裂的血管与泪腺

你无法自抑，悲吟与呼号

从江的中心传至两岸

传至陆地与高山

传至每一株树木与小草

传至茎叶之中，脉络殷红

从春秋战国传至大秦一统

从大汉朝传至今天的大中华

泱泱大中国

不朽的英雄，情长的儿女

更有落难的英雄，落寞的愁绪

汨罗江水至清

沉入江底的石头

罗列两岸，青石至坚

忠诚我们自己的国家

2021 年 5 月 31 日

凭吊清明

清风拂过枝叶拂过鸟羽，之后它们漫步河面，站在鱼的脊鳍上
明净的天空，是星星把昨晚的光化成明亮布满这些个白昼
心甘情愿地把自己隐藏在寰宇之中
如这个世界那些诸多的无名的人

阳光在显出热烈的时候，也显出了淡淡的忧伤，这是这个季节
的感情。情到浓时，泪水横流，撕心裂肺时，有时候还猛烈地拍
响天空

对于这片辽阔的土地，层出不穷的民族英雄们、烈士们，唯这
个季节的怀念与祭奠，方显示我们对他们的尊重与敬拜
一吊纸，挂在坟头，挂的是对逝者的铭记，对生者的念想与
昭示

我的身体流动的是一个民族人的血液
我的内心永恒着一个国家的坚定
忠诚着一个国家的学说
执着于国家的强盛
让良知朗朗
英烈们的初衷
一个国家前行的目标

凭吊清明
对于英年早逝的朋友
为他们烧一沓纸钱
我必须让他们知道活着的人
寡情薄义者只是寥寥

辛丑年清明，清泪般的雨水
从透亮的天空飘出
山色绿茵而花鲜艳
当牢记逝者
为平凡而去的
轰轰烈烈为国家而去的
当忆不起他们的容颜
他们推动历史滚滚前行的车轮
我们的步伐当踏着他们的步伐
存在怠慢
怠慢我们的良心
沐风沐雨闻清明
热土下的灵魂
安息吧

2021 年 4 月 1 日

站起来的时候风雨都是顺天而临

桃花红把一张有点瘦削的脸撑开
把黑白相间的胡须染成紫霞
有茧子的手牵着春风
向着家园鞠躬的时候
远方的路边绿叶成荫

蚂蚁四肢着地
四平八稳忙碌着它们的生活
看不出它们有跌倒过的迹象
可是人类的历史
常常有许多脚步
踉跄着歪倒在广袤的土地上
许多病痛
历史的书页上没有写着药方

我父母亲的历史曾经写着伤痛
在日复一日的土地里啃着
石头与荒草
细心地抚摸着种子与禾苗
无数个夜里，无数遍祈祷

给个饱食的年岁吧
给个衣帽整齐的冬天
我们的孩子正在成长

我与我的兄长与弟妹们
畏首畏尾，挤在
掉着土渣子的墙角边
听着疯子一样的雨
将房顶上的石板像鼓一样地敲打
鼓声漏进屋里，溅射一地
我们祈求：
良木撑一宅，庇护我们的鼾声
给我们梦想远方的力量

是谁听到了人间的祈祷声
是谁可怜见贫穷者的啼哭
一面旗帜
在这片土地荡漾成红色的玫瑰
走村的，下乡的
那些笑容可掬的
他们的忙活，他们的汗水
将荒芜铲除，将植物浇灌
父亲带着天天过大年的笑容
八十四岁时无憾而终
母亲的快乐缘于八十七岁了

还在活着的自豪

我在众多的乡亲们中间穿梭
我在众多的工友们中间走动
发现他们
曾经弯着的腰逐渐挺直起来
曾经晦暗的脸逐渐泛起红晕
曾经细小的声音逐渐变得洪亮
我还发现他们
站起来的时候风雨都是顺天而临
我也发现自己
在顺天而临的风雨中
对天空的进一步仰望

2021 年 3 月 18 日完成于西安

一闪而过的念头

闪电与炸雷同时掠过天际

没有冰雹与倾盆大雨

真正意义上的狂风静止着

黑色的布帘罩住星光

关于黑夜的传说是来自黑色玫瑰园

一只鸟的出现与嘶嘶鸣叫后的沉默

与另一只鸟的消失

它们的内在联系，来自它们的心灵突然的碰撞

电石火花间

遍地的羽毛

白色化为了精灵

玫瑰园旁边的那棵榆树

千万的榆钱撒向幽冥

忧伤无边

祭奠的仪式在黑色蔓延

闪电与炸雷再现

一道光芒

将羽翼紧贴身体，那只鸟

箭矢般冲了进去

以草木的名义

以草木的名义　致谢土地
犹如我必须致谢我的父亲母亲
给我生命的花开给我果实的饱满
给我双脚踮起的力量
给我扎根土地深处的纵横

以草木的名义感谢山川河流
凌崖之顶吞吐天地之气
绝峰之岚诵读《满江红》
驾一叶小舟奔流到海戏长鲸
噙一叶绿草策马天空与草原齐奔腾
擦一把汗水于草木之根
摸一根发毛于草木之顶
这块土地广袤无际深沉厚重
亘古之初就埋下了我们永世的情

以草木的名义热爱我们这块大地
不能任污浊之水浸染了我们的土壤
不能任贪官污吏毁坏了我们的信仰
不能任无信之徒肆意妄为横行江湖

行得正走得端凛冽我们的阳刚之气

我们都是草木之躯
垂爱躯体之下这片土地
我们的根我们的须无限延伸
我们是国家的人　保卫国家
我们都是义无反顾的战士
以草木的名义　致谢我们祖国

一条路

公元一九三一年九月十八日
一声枪响，侵略我中华的日寇来了
气势汹汹，张着血盆大口

豺狼来了，猎枪闪着黑色的光
子弹瞄准在它们的额头上
中华儿女，沸腾的血液里流淌着不屈
不寻退路，只有进路，一条生路
打死豺狼！打残豺狼！打走豺狼！

豺狼啊，你们只有一条路
死于外丧或滚回你们的洞乡

时间为什么没有磨去你们的兽性
而只是让你们的伤口没有生蛆
转眼又到了新年
当我翻阅历史的今天
而生愤怒于一腔
为什么不抚摸伤疤，思一思痛处之痛
想我钓鱼岛，狂放厥词，余孽欲呈狂
再不放下妄想，你们就没有归路

窗前，那片云

你不期而至
落在门前那棵老椿树冠上
那些叶子被你轻轻地一吻
他们红了脸　抿嘴咂舌之间
你轻轻悄悄去了天际

树身从此种下了相思的泪汁
树下从此埋下了相思的根须
泥土从此了一生的潮湿
千万匹叶子覆盖
被裹卷的忧伤层层叠叠

一条宿命一条流浪的路
跟随你留下的红尘之粉
寻找前世留给今世的宿缘
我从不跪叩命运
我携手风雨苍茫大地
我携手风雪凝望苍茫
我只愿你留下你的纯洁
我只愿你的纯洁永恒蓝天

月是故乡明

草绳一样的小道　系在半山腰上
母亲牵着我的小手
背着草肥去坡地　背着粮食回家
晃晃悠悠的风把云赶到天边
露出晃晃悠悠的月色
一些荆棘　它们的手很粗糙
总爱扯住衣服上的伤疤
它们说拉拉家常　说灾年饿啊
丰年的粮食也填不饱肚子的饥荒

模糊的日月渐渐清亮
系在半山腰上的草绳忽然变得粗壮
我也长高　胳膊腿足以翻过那座山梁
每到傍晚　少了些父亲母亲的叮咛
衣服上的伤疤渐小　荆棘少了些牵挂

渐自清澈的日子长于日月
半山腰上的草绳也渐自不见
变成宽阔的玉带　小车奔驰

走在玉带上　母亲望着绿野沉沉的坡地
母亲的腰直了些　眸子的浑浊少了些
一泻银光落在母亲的发丝上

一个人的花园

静谧的　惟香徐徐
一群蚂蚁倾巢而出
它们排队布阵伺机而动
它们的步伐有些惊心动魄
干扰我平静的心情
我从一根花径旁走过
径上的刺与皮肤上的汗毛握手致意
它们对我的感觉无动于衷
我把天空雷鸣的声音压了压
我要与蚁族同行
走出去　为一道丢失的旨意
只是我的左脚时常碰着右脚
痛与不痛　日久后的陈谷子

也等着我的心髓缓缓而落
不会入天堂　它倨傲
不会下地狱　它无愧
泥土会亲近它
还有草泽花香

雪花里有一滴泪

一条街包裹了寒冷
妇人干瘪的怀里
孩子
惊恐的目光安放处
地摊上简单的货
路旁的人行树收到了它们讨好的笑
妇人也对窦空现出讨好的笑
她的衣领上有数片雪花
旋转着美丽的晶莹
一些诗人会说
多么浪漫的景致

他
是街边妇人的吸引
他走了过去
地摊上的货殷勤以待
他随便选了一个价值十元的
路旁树现出了鄙夷的目光

男人放下百元大钞

似乎还忘了提过来的水果
拿着购买的地摊商品
快步走了
几片雪飘下
更多的雪飘下
百元钞票上
尽是它们的泪渍

2020 年 12 月 31 日安康

在一朵雪花里藏着一丝血迹

我在用心咳嗽，用力咳嗽

这冬夜太黑太长

我想咳醒夜，咳出一朵黎明的花朵

许多劳作的人，昼夜摆着地摊的人

那些奔波的人，包括在车站码头流浪的人

夜太黑太长，对他们是一种罪过

使劲咳啊，有无数条虫子的指引

把心把肺把肠胃都咳出来

也好从中翻捡谁的罪孽深重

天空阴霾。我设想大雪正在纷飞

一个人踩着茫茫雪野，咯吱咯吱从远处走来

到哪里去？前无村庄，后无炊烟

风起。风从雪花生出，雪花并没有感觉风的力量

一股内存的力量

落地的时候，血丝殷红

它让洁白的雪地有了动感

好比蜡梅，正在盛开

只有我知道

他咳破了冬夜

2020 年 12 月 30 日故乡

每一朵雪花都是春天的种子

当北风把最后的一片树叶摘去
当鸟啄食了树顶上最后一枚果子
当我空着手愧对庚子年带给人间的磨难
雪花就从遥远的天际
漂洋过海，她们必须从海面上吻过海水
翻山越岭，她们必须临渊留影
大地需要有钙的物质
有气势的浩荡
有不惧凛冽的破土之立

万籁俱寂的空旷，听到
你的声音
轻轻地
伏在土地的心跳上
纯洁是你亘古不变的信仰
对于天地的一切
包括太阳与月亮
你的罡气冉冉升起
化雨、化露
当化为雪，她已经是种子

春风一瞬千里，世界
许多饥寒交迫者的眼里
尽是
万里新苗与花语

2020 年 12 月 29 日

夜行者

喘着的气被暗夜一再收紧
漆黑的鼓乱敲
嘶哑的声围在一起

风从身前飘往身后
嘶嘶鸣叫的声音
时而左时而右
时而迅疾
又突然地隐去

需要畅欢的话语
倘若夜被黑漆凝固
那一句良谏就是路引
如果摸着夜
就点燃真理的灯塔
夜行者
眼睛里流淌的是光亮

黎明时分
落下的星辰推出半轮弦月

天空张开了无边际的网

众多的露水与无名星被粘在空际

黑白交替时

孤独者与一滴露水相遇

在那个十个路口

清明　你们的墓碑长着芬芳的诗歌

——谨以此诗文献给那些为国家为人民而牺牲的英烈们

1

清风携带斑斑点点的绿与红

水与火中拨开残云黑雾

彻底脱掉褴褛不堪的衣服

舀千万瓢阳光　沐浴

城市与山庄

那些个青少年

十四岁或许十五、十六岁

枪支比他们高或是齐肩

跋山涉水穿越草地沼泽

一颗子弹碰到另一颗子弹

年轻的命撞碎年轻的命

驱逐野兽

用狂暴的力量呼啸

横扫孽障　大刀吞血

丛草鲜红

你们的青春里子弹在飞

2

明亮的季节　芳草碧连天

一吊五色纸为念

层林江山半是红　道我英雄血染

横挑江山竖顶天　中华儿女脊梁宽

虎门销烟　林则徐怒火冲云端

炮击倭寇　邓世昌笑谈生死契

将军张自忠誓灭日寇身愿死

十里长山葬铁骨

尽忠报国　英烈千秋

东北的春天来得迟

皑皑白雪愿附爱国者足下消融

抗联第一陆军总司令杨靖宇

抗击日寇　一个人

涵盖了民族的信念

轻蔑着冷漠着高官厚禄

阳光明媚

侵略者发着颤抖的身体

需要银针刺颅的良医

生而为国

英雄　孤独的神

执信念埋于国土

咀嚼草根与皮带与雪

唤醒压在寒冰下的草木
清明时节
稼禾盖地　植物郁郁葱葱
用兴盛奠基我们的烈士

3

倒在我故乡大山深处的两位红军战士
他们的坟墓长碑矗立
倒在我故乡的那位连长以及那些士兵
他们的坟墓绿树掩映

红土地上的英烈
你们曾经倒下去的土地上
你们的墓碑　生长着
深沉的凝重的
婉约的浪漫的
千万首诗行
千万朵花环
在高山漫川
在大海江河
芬芳节令
芬芳年轮

2019 年 3 月 30 蜀河

坐在十三楼窗台上

这不是我的习惯
一米三乘一米三的窗口
一张玻璃镶嵌在外墙壁
无横竖遮拦，平板的玻璃
上面污点斑斑
来自雨水与飘荡起来的尘土
没有将所有的明亮遮挡

我的视线一览无余
高的楼房参差不齐
它们率先享受阳光的照耀
一大片矮的楼房基本一致
它们尚在阴影里等待阳光洒过

大街上的车辆隔着很远的距离

十一月有闪电雷鸣
细雨蒙蒙掩盖了我的脸
一张真实有效的丑陋面目
人喜欢美的，狗咬丑的

064

这样多好
我不用弯腰捡石头
人怕硬茬货，狗怕人弯腰
城市都是坚硬的水泥路
粗野的石头难登大雅之堂

也可以做弯腰状
能吓退一米之外的狗
狗也灵醒
它发现我扬起的手臂
投过去不过是虚无
甚至连一丝腥风都没有
它不再害怕，作势欲扑
我这次摸到了硬物
投了过去
它竟然一嘴叼住
转身就跑了
那是一块骨头
是什么骨头，摸不准

这个十一月的麻麻细雨
夹着麻麻细雪
傍晚时忽然间闪电
这是不是十一月之后
夜长黑暗多

紧接着雷鸣阵阵
是不是要将这沉闷的暗夜
震开一条缝隙

这个季节有闪电雷鸣
民间传说天有异象
我不以为然
闪电不过是照照黑夜里有多深
为走在里边的人偶尔个惊鸿一瞥
雷鸣亦不过是敲敲石头一样的黑锅
看能不能震去一层黑色的烟垢
让黑夜轻松一点

雨夹雪除了有点冷
并不能形成洪水泛滥
也就冲不出一些淤积沉渣
比如骨头之类
这闪电
也许就是为照出白骨
这雷鸣
只为震慑隐藏在白骨下的硕鼠长蛇

炉膛通红

灶膛的温和冷

丈量着生活的温度

我的童年，温暖于灶边

烤的香甜的玉米

烧熟的红薯

从红红的火灰里掏出来的喷香

树叶包裹着一条无盐的小鱼儿

余火尚温，洗锅碗

沉淀的饭渣

饥饿的眼睛将它们尽收腹中

灶火伸出意味深长的温情

抚摸着母亲姣好的面容

杂木野草完成了它们的宿命

从生到回归自然

最后的炽热

将最强烈的感情

献给了五谷的涅槃

母亲的头发被火热地吻遍

从黑到灰到白

母亲的青春被它拥抱
从窈窕淑女到妇人到老太婆
如今，必须我的怀抱
才能完成上洗手间的一切

小寒，蒙蒙的雨细细的雪
房前屋后，它们寻找
一缕炊烟
灰烬冰冷地躺在锅底下
人去屋空，寒鸦鸣松
我拾走落在母亲脸上的几丝白发
我多想对母亲说，妈
我们回到老庄子，点燃灶火
吃您做的每一餐旺旺的柴火饭
苍松不言
雨雪入江流
化为了记忆的时钟

乱风捅破了窗户的纸

阵风过后
一地乱毛
人在人上冲撞
肉在肉中挤压
羞耻摩擦羞耻
火光在肌肤上
闪着眼睛的绿荧
那些下贱的毛纷纷落草
它们属于贼寇
乱风呼啸
那些豪华的府邸
厚重的窗户被拍得震天响

权杖竖起
高高在上的嘴脸
虚伪包裹着虚伪
春色踏着春色
杂乱的野花奉上香颜
甘愿花蕊凌乱于风
一些歪木蒿草主动伏地

它们喜欢拜在石榴裙下
裙下有价
包裹或者赤裸
臀肉的价值数十万金

仍然有一些野木花草
奢望更淋漓的雨
膨胀的欲求膨胀
放下粉面凝脂的脸蛋
公布云里雨里的欢爱

乱风狂吠
华丽的窗户
层层捅破的纸
暴露的画面
强悍震撼强悍
真实解剖真实
历史上的皇家
只好把他们的脸埋进土里
他们知道了后浪的力量

2019 年 12 月 16 日于蜀河

请给沉沦的生命以火焰

——谨以此诗祭奠那些逝去的尘肺病人!

向正在饱受病痛折磨的尘肺病人致以最爱!
向那些为尘肺病人奔走呼号的爱心人士致敬!

向天借水千万顷　冲净世间罪与丑
向天借水千万担　沐浴天下良与善

墓地　干净灵魂的容所
龌龊的魂　葬身之处皆污浊

　　——也谨以此诗文,向陕西陕南一个叫向阳村的村子里那些饱受尘肺病折磨的病患者,以及因此病而逝去者致以最深沉的默祷。

1

离开了为我们遮蔽风雨的教舍
离开了供我们依偎的课桌椅凳
挣脱了老师怜悯的悲伤的目光
我们像山坡上没有长大的兔子
离开阳光
离开有水有草有新鲜空气的村庄
从陕南　从向阳村奔向车站码头
去全国各地的矿上　各种矿窑里
梦想稚嫩的生命从此茁壮为山岗

而地狱正张着阴森森的大口
它很贪婪，口水不断地吞咽
你们的青春
你们的健康
你们的生命
它吞噬的对象

去山外捞世界　梦幻十里洋场灯红酒绿
你们年轻的心　年轻的心里没有装着愁

你们就这样　走了很久　从春到冬
你们就这样　进了矿窑　从早到晚

2

你们的脸正在黑去
你们的身体正在黑去
连同你们的心你们的肺
也在黑去
可怕的黑去

尘埃　地层下的霾
纵深若干公里
像阴魂寻找附体
你们劳作
你们脸上的汗水
你们鼻子的呼吸
你们张开的嘴巴
还有你们的眼睛
你们的心肺肝肾脾
呼出吸进
淫浸着　脏污着　都是尘霾
你们每月领着沾着黑灰的工资
这些钱
正在购买你们生命的日暮

你们的命是活着
是被埋葬地活着

腾飞的烟雾和尘埃

在矿井肆意妄为

没有你们夜与昼地劳作

那些为富不仁者

他们卡里就没有无限增长的金钱

没有他们虚伪的身价

他们活着的身体

或者几斤　或者几两

他们冠冕堂皇的表象里

暗藏的无耻也许会更加暴露

他们不愿使用若干镏铢

安装更好的排风　和

更好的安全措施　和

更好的安监防范　和

用专业的严格的技术去防微杜渐

他们只想着

矿工们每一天的劳动值

能为他们续写多少个虚无

无数的　无常的尘霾

从金银铜铁锡矿里

从玉矿锰矿石头矿里

从汞锑铅锌绿松石矿里
那些矿渣里矿粉里　散发的毒
像是潘多拉盒里的妖魔
被抑制日久　打开盒子
它便妖魔成精为害人间
让你们鲜红的肺一点点黑去
让你们通畅的肺敲出响声

矿无罪
矿为人类在哀啼

3

每天的阳光在中国大地上濯耀
也照耀在清波缓流的汉江河上
也洒落在陕南青山里的向阳村
向阳村的老奶牵着两岁的孙子
后边是她患癌症有眼障儿媳妇
她的灰白色头发凌乱着脏乱着
此刻没有风　没有雪没有雨淋

老人不想让身体颤巍
她走了大半生
看到的都是风吹树摇地抖动
风吹不去人间的愁苦

就是风雪夜袭

她仍然把唯一的儿子抚养为识字人

初长成人　老人的儿子

跟着成年人去了矿窑

老人的儿子就把魂儿丢了

从此一张身份证

活在老人的贴身衣兜里

行走在老人的白天黑夜里

躺在老人干枯的手掌里

凝滞在老人的眼睛里

最后一滴浊泪掉在儿子的嘴唇边

那张年轻的脸　英俊帅气的脸

一张永远的遗像　没有通往天堂

4

向阳村　不仅仅是向阳村

中国大地许多个向阳村

那些拼命外出挣钱的男人

遍布许多矿窑

谁对生活有向往

谁的人生就有光辉的灿烂

走出大山是最美的景致

而六百万肺尘病人就成为一个痛

隐在低处呻吟给谁听

一个三十岁的青壮年
他说他迟早要为尘肺病而死
为自己漆一口响堂寿料
让来生的灵魂干净些
让来生的命活得长久些

一个四十岁的青壮年
好好活着　是他的渴望
四十万换掉破抹布一般的肺
生命还是化为了泡影

一个七岁的孩儿
对突然出现的妈妈呆若木鸡不知所措
不知世上什么叫妈妈
那一年
父亲还在与尘肺病做生死搏斗
他被抱在怀里的妈妈放下
妈妈从此远去了他方

5

如果向阳村也盛产名包名表
一定热闹得如市如潮

这里有黑脸黑皮肤黑了心肺的尘肺病人

这里有痛苦有挣扎有需要阳光普照的病患者

还有孤家寡人还有独门绝户

他们的亲人已葬身矿腹

这里静悄悄

鸟不愿离村庄很近啁啾

夜深人静

它们的声音都像是亡魂的哭泣

也有人　　他们的心肺同样是黑的

利欲的黑烟常在他们的内心冉冉

他们享受着被金钱积累的快乐

他们享受着金钱被挥霍的快乐

他们掠夺着许多个矿民的快乐

把快乐建立在一种生死存亡上

每一个时代

立起来走路的畜类都有存在

被漠视的被草菅的命

哪怕是心存一丝丝怜悯

我们的矿民中也多些健康的人

6

为生跪着　　为痛跪着

为了死也跪在棺材里

尘肺病　豆渣一样的肺叶
矿民说这是他们的命

你是农民你是工人你是贩夫走卒
生命的存在是公平的
死亡是公平的
你能藐视万众
藐视不了生命

面对无良
那些横着行走的人
面对不善
那些视生命为芥草的人
如果法律能赋予我一把快刀
我会亲手削去他们罪恶的嘴脸
如果法律能赋予我拥有枪的权力
我会扣动扳机结束他们丑陋的灵魂

但是我更愿自己成为一支火柴梗
点燃光辉照亮周围
让人心敞亮
让尘肺病患者看到光明

秋天的风从棺椁上面扫过
落叶向你们问好　还有落雨

它想让你们脚前的路不生尘嚣
一把把老土覆盖了你们
来世　你们的生命便是长绿

岁月埋葬了岁月的阴影
岁月长生了岁月的光芒
荣誉属于良善之人
博爱之人　比如袁立
一个普通演员
人间最美的女人
给尘肺病患者点燃了蜡烛
给了他们能捧住一片光的希冀
让他们看到了碧水在枯叶上的滚动
敲破黑暗之窗
让光挣扎着挤进我们的肺腔
擦燃火柴
让火焰照亮生命的历程
击破坚硬的冰
让清冽的水流进干裂的土地
润泽生命
绿叶摇出的和风
都是人间的　都是你们的

但求沉沦的黑消失于沉沦
但求生命如火焰

把生命壮丽如蓝天

2017 年 9 月 6 日至 9 月 13 日第一稿于蜀河

2018 年 6 月 3 日于蜀河第二稿

2019 年 10 月 23 日于蜀河第三稿

滴泪成墓

秋叶把雨扇凉
一行泪握住一只枯瘦的手
试图将冷却温暖
风止住了呜咽
树上的水珠大片落下

红尘荡漾
浮着轻飘飘的身体
走了一遭人世
一身披绿的汁水润泽了季节
给了花朵鲜艳丛林的芬芳
给了果实成熟自然的香甜

纵然这铺天盖地的秋雨是泪
再也浮不起已经倦落的黄叶
纵然秋晨似锦
泥土下你已安然

2019 年 9 月 18 日故乡

世界在雪花里温暖

落一片凝雨于枯叶
五湖四海水漫堤长
落一片寒英于青松
三山五岳翠云舒卷

洋洋洒洒自天空人间
落寞留给了天庭
空余玉树琼花
滚滚红尘土地是我们的主人
万物生长任根须血肉穿扎
与麦苗共挤一处话五月的金黄
扒开一笼笼蒸馍与农人共赏白玉
相思的岁月
我们的吃相一抹苦笑
叩俯土地的一道痕迹

一些记忆深刻于记忆
不幸藏在水露与霜
冰释于春梦觉醒
幸运于时代

幸运于世界
所有的玉叶 冉冉降落 包含着
种子发芽植物展绿以及粉面桃花

泪水为谁而奔流

两相望 秦岭南北
从此相忘今世之约
情落江湖
多少背井离乡人

我的故乡在秦岭以南
一个古迹斑斑的古镇
斑痕迹迹的青石台阶
夜深人静鸟虫不在鸣
我听见走动的脚步声
从大秦朝传到大清国

多少走过的脚步已经无声
依江的巨石砥柱中流
洪荒之水抵达的岸
多少离人泪送别

我不曾面对过大海
然从大海之地走过

但闻澎湃之声撞击
泪从灵魂深处渗出

抑制那种哭的感觉
让它跟着我回故乡

2018 年 7 月 19 日于陕西安康市

汉江，我们敬仰的河流（组诗）

如果把黄河比作我们的母亲河
那么长江也是我们骄傲的大江
而汉江是我们必须敬仰的河流

1

潮立江头
呼啸声中直奔巴山
越过秦岭
你去润泽关中大地

千万里
你爱上了北方
从此故都
有了你一世的倾情
满足着人世的渴饮
骄傲着你有声的清流

而你的前方仍然是长江
喜欢壮阔喜欢波涛
是你一世的欢唱

2

刘邦饱饮了一江之水
天下有了大汉
大汉立国万民立命

刘备啜饮一小口　争霸三国

汉江　孕育了一个朝代
孕育了波澜壮阔的历史
你是大汉朝的母亲河
汉人汉字汉文化的乳母

3

三千里长河
三千里绿绸挥舞
四千年的歌谣
流动的韵律
青铜照丽影　王朝铸大鼎
白浪铺长河　江水美鱼舞

五千年的醒世之欢
神农氏的茶树与茶叶
百姓与皇帝　举杯品香茗

先民　从南北朝走近汉水

无数条脚印还有生命踏出的道
马队穿林　骡队挤栈
互市的远征
碧空下　泛浪的汉江　千帆远扬
政治的经济的文化的中心

净沙于岸层叠净亮
石子匀布于滩
纤夫呼歌逆水越险滩
浣衣女轻扬了棒槌
一江金色的波澜

4

历史积攒的汗水和血液
浇灌着陕南的青草嘉禾
大禹褪去一把把汗毛
丛生遍地的青草绿茵

灵动的金丝猴
攀登一棵棵树寻找光亮
世纪的光芒时代的光芒
熊猫大鲵超越世纪之说
珍禽朱鹮
翱翔于蓝天
让世界传说

鼠辈蹦跳

丛林草地蝶舞鸟歌

5

曾是浩瀚的海洋

秦岭巴山

曾经沧海难为水

千里沃野

一些皇朝老子

把一个朝代的命脉

放在汉江西南

一片大好河山

一波浪一朵水花

历史的星火闪烁

奔腾的豪情长歌

挥毫民生的主题

在这一隅

石油天然气

两千个亿立方米

中国的骄傲

燃烧亚洲

6

长河之源

中华文明的河

汉江　我故乡的河流
你白昼的流动是波澜是清澈是柔情
你夜晚的流动是月光是星星是梦幻
晨曦起于薄雾而风徐徐而空气空旷
阳光冉冉升起于千山苍翠中而温煦

故乡是根筋
你只能看到历史向你走来
却不能看到未来在你眼前
历史离你越来越远
而未来向我们走近

7

汉江　人类向往的地方
南北过渡的生物基因库
流动着的都是干净的氧

汉江　一枚金蚕
将千年丝路照耀得雪亮
如波涛的丝绸
起伏在世界之旅

汉江之岸千年邑都

广袤千里的汉中

落魄的人希望的地方

重振雄风兴家立业的风水地

安康

南宫山羊山　绵延千里

女娲喜居

鬼谷子独去了石泉享受安逸

风景留人

商洛之地　关中的大后方

沃野沧桑　奇人迭出

天孕玉石也孕玉一样的人

历史之光

照亮秦巴

汉江

一盏明月

挂在中国大地上的西北方

如果把黄河比作我们的母亲河

那么长江也是我们骄傲的大江

而汉江是我们必须敬仰的河流

轻敲你的门扉 （1）

不能让泪水啊
模糊了眸子里的黑瞳
三千青丝落红尘
丝丝缕缕扯断肠

是谁给了我玫瑰的香
是谁又架起了一堆荆棘
我已经遍体鳞伤
我的良人啊
你何时回故乡

门扉开合间全部给了你
你却站在远方看风落尘
一个孤独的愁
在今晚　在明天　在今生
无欢的眼睛里装满了宿怨

想起了新疆想起了天山
那里有我曾经的热血和汗
那里有肖尔布拉克有洁白的雪莲

你的门扉只能容下一个人
一个高尚的人干净的人

2017 年 12 月 30 日于蜀河

轻敲你的门扉（2）

不敢用力
我怕招来四邻
艳羡的目光

不敢用力
我怕声音
枯萎了那片花瓣

不敢用力
我怕这安静的阳光
突然丢去了温暖

你是我的宝石
你是我的花
你是我的阳光
我耀眼的今朝

我的手停留在你门扉边
你的一息一呼　它都在
感受你如兰的芬芳

2017 年 12 月 29 日于蜀河

我们的河流　我们源源不息的生命

1

我们且不说

北有额尔齐斯河向北流入北冰洋

我们且不说

自北向南　京杭运河贯穿六省与五大水系掬手叙情

我们的海河　黄河　淮河　长江和与日月共涨共落的钱塘江

我们且不说

黑龙江　辽河　珠江　怒江　雅鲁藏布江

和塔里木河和澜沧江和这些河流的雄伟壮观里的涛声依旧

我们也不说　我们的汉江河　成就了刘邦一代帝业　成就了刘

备三分天下　而今朝

三千里清流送故都

我们只言说　我们的故乡河

2

我们的山平淡无奇

只不过绿树成荫里鸟雀欢歌奔兽欢跳

我们的河弯曲如弓

只不过清波缠绕里大鱼遨游虾戏浅滩

我们的山不过是大秦岭山的余脉　沾了点风水灵气　茁壮的山脉里尽出好男儿　腰杆挺拔
我们的河不过是大秦岭山的露珠　徐徐溢漫至村庄　秀丽的清水里出婉约秀女　娉婷袅娜

我们的河流俗不成名
南有吕河神河段家河
吕河　是编著《吕氏春秋》的吕不韦的吕
神河无神　只有神一般的水　逐梦一般的一节水赶一节水的段家河

西有关口棕溪长沙河
一处险隘守护一河清流
棕溪　水声淙淙
一摊银沙铺长河

北有小河仁河洛驾河
小河　水清且浅游鱼悠悠
仁义之水的仁河　滋润着左坡地右山田上的土地庄稼
落驾河并不仅仅是曾有皇帝临幸于此　而是一河两岸的村民安居于肥田乐业于沃地的地方

东有仙河双河西岔河
仙河有仙　改造恶山为平川　改变命运去远方　或有所成就或造福一方或坚守一方　这些村民　他们就是仙

两溪相汇的双河　景致安详

没有厚此薄彼　西岔河　原始的河　分而浇灌千亩良田　西岔
河　分了若干岔道若干溪流的西岔河　水势清凉润物无声　而
亿万年前的大鲵也在此深居简出　它们常常用生命去试探着人
世的贪婪和残忍

而我们的蜀河　我生命降临之地的蜀河

3

北借巍巍秦岭之势　蜀河山林葳蕤
南依巴山　蜀河如孩儿　一头钻进汉江的怀里
撒娇撒欢　涓涓溪流　东奔与湖北结为一家亲　南去与白河把
盏行令
群山敦厚　蜀河居中　温和的气候温和的人
蜀河　有微风有细雨有阳光沐浴着的蜀河
躬身蜀河　掬一捧甘润入口入喉入我们的五脏六腑
源泉的力量　品出的是物我两忘的淡然

"百川东到海　何时复西归"

我们的河流
给村庄孕育着梦想并滋润着梦想奔腾到海

2017 年 9 月 20 日写

酒香的路上　诗意的路上

四川泸州召开国际诗酒大会献作

还在路上　已经闻到了酒香
泸州的酒　江阳的酒　四百年的醇香酒

还在路上　已经听到了诗韵
中国的韵　神州的韵　五千年的中华韵

有美酒在泸州　诗人们　让我们共同碰一杯
为我们的中国崛起　为我们的中国强盛　为我们幸福的中
国　为我们十九大精神　共诗赞共歌唱

有美酒在泸州　诗人们　让我们再碰一杯
为我们的万里长城倾世永恒
为我们大汉的赋　大汉的盛世威武
为我们大唐的诗　大唐的华彩丽章
为我们大宋的词　大宋的文以载道
为我们大明的曲　大明的《永乐大典》

举杯邀江阳　对饮皆诗人
酒逢知己饮　华夏遍歌者

这座酒城　　芬芳的酒香　　迎接我们在路上

这座古城　　谱写着华章　　迎接我们在路上

我们的路上　　诗情和酒　　向天空挥手

我们的路上　　青苗和树　　向大地致意

2017 年 11 月 9 日泸州行路途中

那个老人是个诗人

那个老人是个诗人
从我面前踉跄着脚步走过
他的腰后别着一个杯子
杯子的颜色像他的头发
——灰白

我不知道他来自哪个省
哪个城市哪个县城哪个乡村
我不认识他
更不曾说过一句话
甚至不曾面对面注视过互相的脸上那双眼睛
——我们已经不再流泪的眼睛

但是
我知道他是一个诗人
一个从另一个省份来此省份的一个酒城　参加诗酒会的人
我跟在他的身后　我们走在酒厂的院子里
他走完坡道
他取下腰后的杯子

他仰头饮一口　往前走了几步
忽然听到他徐徐吐出一句诗：
"人生易老矣，诗歌永青春。"

吟完　他往前走了
走进了前边那些诗人群里
我的眼睛里还在想象他的眼睛
是否同我一样
看穿了那棵老树上那枚尚在闪着绿色光芒的叶子

2017 年 11 月 12 日下午泸州酒城讲坛

有诗的日子

这几天　不仅仅是酒！

更多的是诗

诗人诗作家诗老师

从全国各地　哦　还有国外的　比如土耳其的一个大胡子瘦高个　还有美国的　德国的

更多的是我们的国人　八十余几健健老郎　抹一把白发在纸上　现出的诗行　震撼年轻小儿郎

中年人居多　他们诗作只是宽慰父母晚年的寂寞　激励年少的子女一根不轻易使用的棍子　而生活的用度则是诗作以外的构思　比写诗更让他们伤神

还有年轻人　他们的诗里是流不动的浓情品不尽的蜜意　比酒易醉　比画更美 每天的生活都写成诗　浪漫主义的

这几天　酒是任性的　你可以大口地喝

可以一饮而再一饮

你也可以小酌　可以慢慢地品　可以任酒从你的嘴里　从你舌尖上　缓缓地滴入喉咙　让你的胃温暖　让你的血液沸腾　让你的激情跳在沱江上　翻滚到长江里　挽出一朵又一朵浪花

站在浪花上吟诗　一首又一首　让日子饱满些　浪漫些　再如

每一个文字　都有着丰富的寓意

2017 年 11 月 13 日早于四川泸州伊顿饭店

白昼的事和夜的梦

1

白昼的日子，我们嚼着一日三餐的饭粒，从中怀念一些久远的劳作和熟悉的物事

我们不能不怀念远去的麦穗，被风轻轻拂过，如千万层金波一样的麦穗
我们不能不怀念远去的稻秧，被风轻轻吻过，如千万层银浪一般的稻秧
还有孕育着苞谷穗子而站在原野上的苞谷林，她们是亭亭玉立的女子，正在体会初做人母的喜悦
还有在土壤里长大的红薯和土豆
他们就是一些调皮的男孩，一旦出世，便成熟了生命

还有我们的镰刀，已经锈迹斑斑，孤凉在无人问津处
还有我们的锄头，已经高置木楼，寂寞在人世苍茫中
还有曾经的耕牛，已经沦为菜品，困厄在宿命定格中

2

我们在夜里落枕为眠

我们白日的理想
在我们的睡梦里滋生
那些千奇百怪的东西
淫浸在梦乡里交配而终究泛滥成水

夜在荒丘上，在村庄上，在落寞的山间小道上
夜在漠原处，在高楼处，在霓虹灯盏的长影处

一声长长的叹气，这是夜的声音

长叹的声音　黑夜突然一顿
浓墨加重，洪荒之力，穿透不出去
这相思的净空

夜增添了夜的色素
而轮回的白昼
启明星将光亮努力地挤出

2017 年 7 月 17 日于蜀河。

唱民歌的人

夕阳在岸
辉映着的彩霞
印在水波上
印在沙滩上和坚石上

岸边上　这些个人　上午在坡地上　与墨绿色的玉米林讲述关
于野草和肥料与丰收的关系　或者是其他行业劳作的人

下午　他们背了锣鼓　在这江边　用丰沛的情感　把一河水
敲响
敲动一岸的青石眉飞色舞　敲来
青柳与白鹤舞姿袅娜　有鱼跃出水面
唢呐和锣鼓声茂激越　林鸟静了山岚

这些个人　以农为业者　以零工为业者　以收荒为业者　以小
贩为业者

有包工的老板　有商业的老板
有白领蓝领　有政府职员　有自由职业者
还有混居日子的人

他们　有得意者　有失落者
有此刻自喜者　有心静如水者

他们击鼓击锣击双镲　他们敲勾锣敲马锣
咚咚咚咚锵锵锵锵锵　哧咚丁点哐哐哐哐
咚锵咚锵咚咚锵　哧咚丁点哐当哐　哐哐哐…
锣鼓声止　孝歌唱了出来：
"人生本来那个悲哦 —— 唉 ——
来到人世走一遭哎／走一遭／
走一遭 —— 哎 ——／
凡尘世事云烟尽唉／云烟卷走了情和怨、恩和恨／
凡尘世事如流水哎／流水流失了岁和月、眉和发"
咚咚锵、咚咚锵、咚锵咚锵咚咚 —— 锵……

他们将人世的悲凉唱给山听　唱给水听
唱给自己的人世听

他们将人世的喜欢唱给山听　唱给水听
唱给自己的人世听：
"一爱妹哦好人才／身材若柳脸若花／
二爱妹哦好茶饭／饭香菜香酒气香／
三爱妹哦好精神／人生路上吟诗情／
……"
暮色沿水面漫卷而至

江水将歌声漫开而去
江水将鼓声荡漾开去
那些苍凉的　那些欢喜的
那些激越的　那些沉重的

夜色已临　每个人都回到他们的夜里
夜有夜的世界
白昼则近　每个人都有他们的白日梦
昼有昼的启示

2017 年 8 月 6 日于故乡

我是陕南土地上的草种
我是关中土地上的飞籽

1

我是一粒草种　落在陕南土地上
寻找厚土　扎根生芽

我在陕南的漫山丛林中　折一树枝　削棍成马　飞马关中

我想在另一片土地　开拓一寸之地扎根　想成为这片土地上
迎风而立的树

2

而此时的关中　尽皆西周的土地　宽阔的黄土路　马车驰往
两边林海无尽延伸　人烟稀少　偶有铁骑伐武声　箭矢声
也惊不动粗木古树上的老斑鸠

踏在曾为人王的西周土地上　我想寻找一寸光阴　将我安歇
而穷尽了双目里所有的视觉　也没有看穿关中平原远方的天空
和近在咫尺的一只蚂蚁　空旷的地　绿色的庄稼　树木成林处
群兽突奔

一群术士每晚站在西楼上　观看天象　推演历法
繁星点点　西风透凉　忽有流星划过天际
术士们惊悚　搬来五行八卦　日夜掐算未来有几

莫测高深的诡异推演
还是没有阻止住渐渐被风蚀化的王座
于是　我的脚下　忽然便成为大秦帝国的皇天后土

3

"奋六世之余烈"
一扫六合　一个大中国从此统一
一个大一统王朝由此诞生
其功绩堪与三皇五帝齐名
这是司马迁在《史记》上对秦始皇的褒赞

秦始皇　千古一帝

我立在渭北高原　风不是风　风是万马奔腾的风　声不是声
声是刀剑斧钺砍杀声　是三十万大军北击匈奴的惨烈厮搏声
是五十万大军"平定百越"的屠刀下凄厉的风声
是修建万里长城千万民夫呼爹唤儿的风声　是修建灵渠　设置
南海郡桂林郡象郡　纳入大秦帝国版图的欢庆声……

还有孟姜女夜半呼夫声　柔软的泣声

也听到历史深处文化的风语　整齐的律动
也看到了咸阳的皇宫里　三公九卿依次上朝的三呼万岁的恭
敬声
……

阳光灿烂辉煌
而一个势如破竹的无边无际的身躯　笼罩了我站立的关中大地
我努力着睁目　竟然是始皇大帝　他的双手向我伸展　我的双
手向他迎去　却倏然发现　那巨影消失在临潼方向　关中大地
的空气忽然停顿　天空黯然
关中大地上　怅然若失

我抬头南望　故乡　始皇帝辖区的一个郡县　我先祖生活的汉
水流域　江水清澈　群鱼无数　我饥渴时　曾伏身而饮　我多
想请始皇帝　去痛饮一口

4

我立一隅
很长的影子在风里将遗憾和伤感晃荡　大秦帝国　就这样轻轻
地离去　丝丝点点的尘埃留给了关中大地

大秦帝国从此亡
千古一帝史记存

而神州大地　　烽火连天　　惟项羽汹烈　　将阿房宫燃烧三个月
自此　　大秦帝国瓦砾也破碎
栋梁成灰烬　　项羽乌江成碎肉
关中从此叫刘邦

5

我听到埙的声音　　由远而及更远的远方　　而渗出一丝一丝的忧
伤　　一丝一丝的漫凉　　到肌肤的每一分寸　　骨髓的每一分毫
而至流水一样流到远方

我怅然四望　　不知四方是何方　　不知生年在何年

我是西周最后的奴隶？
抑或是最后的申候？

我是大秦手持戈矛的小兵？
或者是威风凛凛的将军？
我是西汉的走卒　　抑或是新朝的亡命徒

那么　　我定是东汉的难民　　西晋的一节乐谱　　前赵的飞虫　　前
秦的篾匠　　后秦的商人　　西魏的一匹马　　北周的一只羊　　我也
许更是隋文帝扬州时的船夫　　或者是手按宝刀的侍卫
我更喜欢自己是唐朝诗人们的一滴笔墨一页纸　　或者是他们的
鞋子

我从陕南走到关中
我从西周走到这个周末　一路都在观看　他们的粉墨登场　和
一次又一次的匆匆卸残妆

可笑他们　你方唱罢我登场　演绎十三场　场场凄凉　书写
1140年　一字一页　一滴泪水　一滴血水

我是陕南土地上的草种
我想带着我的籽粒
在关中寻找一寸之地　将我的前世今生种下　让其成长为一棵
树　为我余世遮凉

我的余世　是尘土的朋友
我的余世　是草和树的泥土
是它们的芬芳

2017 年 5 月 6 日于西安

不仅仅是为纪念屈原

漫天的狂风　在汨罗江上空

被屈夫子攥在手中

沿地的石头　在汨罗江两岸

被屈夫子揣在怀里

众人的国度　在汨罗江眼里

被屈夫子装进心里寄以致爱

苍茫大地　战车滚滚　列兵横戈

喊杀声刀砍斧斫枪刺声震撼汨罗江上空

政治家屈原　凝望江岸　凝望一腔抱负在苍空旋转：

"路漫漫其修远兮，吾将上下而求索"

文学家屈原　一腔理想　在江水里浸泡为粉色血沫：

"亦余心之所善兮，虽九死其犹未悔"

士大夫屈原　凝望国土被陷　国民受难　与汨罗江同哀鸣：

"长太息以掩涕兮，哀民生之多艰"

书夫屈原　凝望江山千疮百孔　社稷风雨飘摇　一颗爱国的赤

心　一腔滚烫的热血　体内燃烧：

"乘骐骥以驰骋兮，来吾道夫先路"

士夫子屈原大呼　纵然沙场亡　魂魄　还是要握紧了刀枪　护
国土　为鬼也要做英雄王

漫原上　探索的屈夫子　切切而曰：
"遂古之初，谁传道之"？
"上下未形，何由考之"？
目光穿透苍穹　　凝重向《天问》

急匆匆挥毫写《九歌》写《九章》写《离骚》
"世溷浊而不分兮
好蔽美而嫉妒"

"知死不可让，愿勿爱兮。明告君子，吾将以为类兮"
绝唱《怀沙》纵身大江　"心怀永哀兮"
惊世的涛声腾飞的巨浪
浇醒世间多少浑浊的荒唐
五月五日成《国殇》
魂魄毅兮　屈夫子
魂魄毅兮　兴我家国　吾辈铭记当图强

2017 年 5 月 5 日作 9 月 27 日修改

七月　（断章）

1

七月　阳光红得发烫　路两边　升出股股焦土的味道　小河里
的鱼儿去了远方　碧空无鸟鸣

工地　支木　绑扎　打砼
我辈正在为工狂

穿着工作衣　我们的工人兄弟　流着汗水
给暴晒的土地一点湿润　少一点飞扬的尘埃

2

我是七月的人　七月将我枯枝的心点燃
我举起拳头　一个誓言　便是一生不变的信念

3

七月　母亲惧热　我忽然看到了母亲一头的白霜
我想请阳光绕过山那头
我心痛　白霜是柔软的　会很快融化为……我的泪水

4

蝉是七月的歌手　声音总是极为响亮
尤其在中午的时候　几次寻找它的附着处
它忽然就隐去 带着蝉衣　透亮了它的眼睛

5

七月　我拉黑了人　我荒诞的半生
都是因为被谎言的蜜汁糊住了心

6

七月　大儿子去咸阳寻找生活　曾被我暴打成伤
几个深夜　我被愧疚叫醒
小儿为了躲避我的啰嗦　每天早早就去了补习班
妻去社区上班　每天准时　为群众服务
还有每个月一百元的津贴
我只好让诗歌为伴

7

七月的热　是我从工地躲回老家的借口
我把热留给了朋友　留给了项目经理
留给了栋号长　留给了安全员材料员
更多更多的　留给了工人
我的工人兄弟们

七月　给内心存些温度

遭遇冰冷入侵时　御寒

2017 年 7 月 23 日

诸神之战在夜里

快意江湖相约于夜
刀是快刀　剑是利剑
近身　当即血溅

你走你的阳光海
我走我的月亮湾
夜是我黑了的天
夜是真相的隐瞒

我在夜里一骑绝尘
刀的寒光见证夜黑
风的急速见证路遥

我举着烛光
擦看身体上深深浅浅的伤
含一口烈酒喷上去
痛的快意将夜撕裂了一半

我双手将夜举到半空
迎来了一半的黎明

此时

睡意已经占领了我一半的清醒

2017 年 5 月 10 日于西安

虫鸣晚夏

当春天站在大地之中
雨水已经浇醒万千虫儿的冬梦
它们拖泥带水
启开土地上的壳
扶着春芽
立在风的翅膀上
摇着绿植与花苞
转眼之间
壬寅年的初夏像个愣头青年
脾气火暴
他的愤怒很像是
南极圈的冰融雪化
给他带来的冲击

万千碎虫从春天的翅膀上跳了下来
沉入地底深处
等待闷烘烘的时间过去
一场雨
一场不大的雨带走了一些酷暑
云高风缓

白鹤在天空洒下自由的唳声
麻雀的千千小舌啄着空气中的湿气
我与万千虫儿爬出土面
躲在草丛、土堆、石头缝隙里
乘着黄昏，乘着月黑
将晚夏的一些风情用乡下话吟诵

2022 年 9 月 3 日

一滴白露为霜寒

青叶未老

焦黄的苦味传自颓败的烟杆

绕道石梁

一条青虫躬身而奔

一群蚂蚁尾随其后

举着形似钳子的嘴巴

脚步匆匆

（它们是寻食而去，还是寻穴而归）

天干物燥，白露已至

往年的玉米秆与叶子

肤色是健康的黄

秋立田野，威仪尚在

壬寅年，它们尽数萎靡

灰黑色恹恹，欲伏于地

稻谷归仓，稻田水涸

稻茬了无生机于干裂的田土里

灌溉于田野的是一股有腥味的风

一场柔和的水

苍穹之下正在白色的云朵里酝酿

生命的归隐与季节的更替息息相关

一滴白露已为霜寒

裸着身抗过酷暑的身体

衣服架上那件陈年厚衣沾沾自喜

正在开始的凉意

逼着肉身

散发出来的温暖都属于它

岩石上，青松摇了摇树身

松针蘸着白露云朵上书写天问

还有几多真理存于世间

如果真理没有彻底死亡

那么

请你来个鲤鱼打挺

站起来

还原于战士曾经的勇敢

让凌厉的风寒

贯穿长空

2022 年 9 月 7 日

124

逆光

道风踏着七彩祥云天空撵着影子

影子无形

无类别参差披拂

翅膀从天空扇过

翅膀薄如蝉翼

阳光如镜

透明于天空与大地

众掌如石林

硬生生地接住了逆风而来的光

真气如鼓

反弹的力度

震荡云层

2022 年 9 月 9 日

孤雁拖住了秋天的风

群雁结阵向远方飞行

唳声共鸣

追着有春天的季节

有一只

或者两只三只

在原地孤芳自赏

它们不知道自己的羽毛

与吹来的秋风急着齐飞

秋风催霜

忆往昔岁月

冰层上落白雪

急浪翻滚闻雷电

夜半

秋雨敲响秋枝

忧伤占据了我的整个心头

孤雁啊

迷离的秋雾将在清晨漫道山川

迟滞的飞行

拖住了南去的秋风

是否倾耳细听

曾经的头雁在南方的声音

还留在橡树叶子上

那上面的启示饱含着深情

人民，与土地惺惺相惜的人民

请给予浸入肌肤的热情

让我们的精神为之而振奋而自由

2022 年 9 月 18 日

稻子熟了

一点一点的绿插在污泥浊水里
限定的空间
共同吸取有限的资源
排出许多不利的因素
挤挤挨挨着长出杆与茎叶
有时候土地炸出裂缝
为一滴水而枯黄

从春到秋,感受细腻的风
也遭受粗粝的风扇打
壬寅年的酷暑经久不衰
在之后的岁月是不是常态
它们不敢抬头问苍天

熬过酷暑
镰刀之下纷纷倒下
继而接受摔打
用切肤的疼痛,换得
人间碗中盛开的白花
饱腹之后的人间

是不是所有的人都心怀感恩
我不知道
我只是知道，在这片土地上
你们谦卑的心仍然是谦卑着

2022 年 8 月 28 日

城市月光

在故乡的那一头

月照夜空

单一的光色

稀薄的光色

缓缓地移动

空气冷清

夜寡淡

车尾灯流出无迹的血液

月色黯然神伤

忧郁漫漶

不透明的云

无边无沿地袭来

将林立的高楼苫盖

一束光突然拉直明亮

这是来自故乡的月光

伸出双手

小心翼翼地捧住

十指透红透亮

2022 年 8 月 6 日

麦芒

弯下腰伏下身
近距离与你气息相碰
闻着浆液
那种汩汩灌溉大地的味道
触到饱满，手与心的战栗
脚牵着土地，震撼地掩映

一遍一遍地将你抚摸
将你揽入怀抱
将你放入大地
额头上的汗水坝水般滚过
降不下脸上的红云朵
这是真诚的红云朵
是在一个金色的清晨爬上去的

太阳落于傍晚
红云朵仍然赤诚于双颊
夏天的夜亮于晚霞

你也有自己的性格

对于贪婪与粗暴

扬起锋芒刺于皮肉

而我作为一介农夫

愿意被你包围而做永远地突围

愿意被你扎疼

扎疼千万次

千万次里我们相视而笑

2022 年 8 月 2 日

池塘荷叶

荷叶遮塘
遮不住倾天而扑的雨
荷叶遮塘
遮不住倾泻而注的光
遮挡不住满池蛙鸣
遮挡不住跃出水面的鱼

就是黑夜
挂满天空的星光
孤独走夜路的人因此而慰藉

2022 年 7 月 23 日

风，吹进身体

何时现出一股莫名的气流

太过于凉

出现了喷嚏

声音日渐变大

连续地喷出

以至于声色嘶哑

以至于周围的围观者逐渐少去

以至于周围多了些持戈者

逆风来自九重之天

抵御之法

卸去自身的暗黑色衣装

穿上自由的悦目的衣裳

还天空以晴朗

请出那面超大的琵琶

拭去厚重的尘灰

与世界

共同弹奏和谐的琴弦

2022 年 7 月 23 日

等一场雪花，漫天飞舞时遇见你

我把冬雨一点点地接入手掌
撒给麦田
送走了冷雨冬风
左手与右手对搓
让发红发烫的手掌点燃柴薪
把冷酒温热
不能让夜灯孤单地亮着
不能让灯花孤单地开

是锄头挖开了坚土
是土地长出了黍米
我将碗里的一半酒撒出去
敬天敬地敬勇于立世的英雄
留下了另一半

你知道我在等待
万千雪花
在冬夜的曼舞里银星闪照
此时我端起那半碗酒
立在雪花堆叠的春天

与你伸出来的玉手

轻轻地碰杯

含着笑

对酌

2022.11.12

夜宿尚武门梦见玄武兵变

身进入梦境，前半生的我睡去
后半生的我醒来
被个上层生物入梦，尚属首次

这是一位赤膊大神，提一棵大树
树冠盖地，虬枝叶茂
来到城墙边上
可他又像是坐在树冠上
有硕大的果子磨蹭他的脸
他的手搭在果子上
并不像是要去咬的样子
在这个火一样的城市
我的眼瞳望着地面是血色的
去望他手边上的果子
干涩的眼睛转动出湿润
这与感情色彩无关的湿润呵

跨过一波梦境，另一波梦境再生
手中何时又换成了葫芦
一个巨硕的大肚细腰的葫芦

葫芦将他载其上，浮于一条大江
他用双腿摇桨，波浪托着葫芦前行
葫芦缝隙里溢出
陈年老酒的味道扩散河岸

我没有发现我的身后，黑压压的
一群人兽难分的物种
手中持着造型怪异的刀枪剑戟
有的臂长，骨壮筋实
应该是专门为抗衡硬钢坚铁而生

未几，这些物种消失不见
是不是穿过城墙而去
我的梦从来没有清晰过
何况，我又是一个很健忘的人

梦继续衍生
什么时候站在了小北门的南边长街
左眼望着习武门
练武术的人收回了把式
把偌大的练武场还给了阳光与空气
右眼望着药王洞
药王孙思邈把脉人间
健康的气流欢畅
两条街道虎视眈眈，相互盯着

它们像是要冲向对方的眼睛里
拳脚相向或者刀剑往来

它们谁也没有动。非常的静
这是一种异常的静谧
一种火药味聚涌的静谧
树叶千万不能落下
轻微的动
会溅出火星，引爆轰鸣

树叶还是要落下的
那个提树而坐的神
树在他的身下有了晃动

一个人骑马而来，又一个人
骑着马跟来
足踩银子马镫，身坐黄金马鞍
左手执分离式缰绳，右手执着缰绳尾
衣鲜而华丽，从北城墙往西边
一身轻松地
徐徐前行了过来

一只洁白的羽毛忽然出现空中
很迅疾，带着死亡的凌厉
向第一个骑马人的前胸穿去

从后胸出来的羽毛
红艳了城墙上的石头

这个时候
一道闪耀的光划出美丽的弧形
第二个骑马的人
华丽的身体从骏马上缓缓倒下去
束着金簪子的长发
被旋起的头颅带着飞向大树上的虬枝
鸟们飞身城墙，静悄悄地隐入

晨曦升起，两个亡了命的人
血给了光芒更多的锋锐，他们
大唐第一代皇帝唐高祖李渊的儿子
准太子李建成
第三子李元吉
完成这个谋杀任务者
他们的弟弟他们的哥哥
是也，大唐第二代皇帝唐高宗李世民

烈阳照射，人从梦中醒来
为躲着四十二点五度的炙烤
昔日的玄武门洞口成为我的防暑地
抬头去望城门洞
"玄武门"已经改成了"尚武门"

我把榆木脑袋摇动
换过的名字，它的内涵
是不是为了减少血腥的味道
要不，每一个朝代，水深火热时
人们怎么能够用鼻子
去翻开历史的书页

尚武，不是为了战争与杀戮
用高尚的情操，培养武林精神
让懦弱者不再畏惧了强暴
勇猛地直击那些邪恶者的横行

安远门前席地而坐

我的家乡蜀河古镇三横九纵

西汉时布下的局

俘获千余年的岁月安放汉水之岸

闭着眼睛行走青石巷

轻匀的气息

来自汉瓦那张合的缝隙

它们徐徐漫入耳孔

也许浸入得太久

韵致的静

热血就有了向往的流径

荡气回肠式的挣扎

反生的骨头不很安宁

城市的高楼生长着百种的生活

如果择其一种

对于我这样的一介乡下农夫

便是耀眼的人生

从青色古镇到十三朝古都

天下人值得一游的蜀河古镇

天下人期望一观的长安古都
对于长安，我心存敬意
行走江湖，晕过风晕过浪
关中的秦砖不识风尘人
我的头颅曾经遭到击打
白色的血迹隐匿于鼻梁一角
记录一个有污点的人

我是乘着陕南的风到达长安
摘了朵秦岭山脉上的白云
拭去挂在钟鼓楼檐顶下的汗
落于安远门前
席地而坐。门洞忽然说话
从何处来，何事所求
大明朝开国皇帝朱元璋的声音

夫复何求，我对天而应
安抚远处的民族
人民的血汗建造了这坚固的安远门
逾今五百年，坚固于老城
朱氏皇朝没有长生不老
他们的儿孙后辈没有将皇权接力
最后的一代，感激一棵老槐树的悲悯
赐下一条白绫
命荡千秋。可怜的崇祯帝

代表一个腐朽皇朝的结束那是必然

一切的开始与结束，因果其内
无限的欺凌与压榨
陕北米脂的农民
揭竿而起，置死而后生
"闯王"的大纛烈烈
熙熙攘攘，天下尽皆"闯王"兵

安定皇朝的秩序——安远门
用心良苦的名称
被"闯王"的战马扬蹄飞开
做"大顺"王，长安御座李皇帝
再推广宁门，北京做"大顺"帝

从波涛汹涌的大海里几经浮沉
扯出的旗帜
澎湃奔腾的江湖交替了几许生与死
险峰斗虎恶岭杀狼
十五载血雨腥风，终结于
四十二天的皇帝梦

安远门，安抚城内安抚城外
箭楼望敌，北门套瓮城
还是无法防御

从远处飞来的万发箭矢与劲飞的弓弩
舞大刀挥长枪，竖爬梯甩飞索
抵不住天下清醒者的呼喊
如雷如闪电
轰轰烈烈的辛亥革命
可笑的大清朝
三百年后还是个亡

天下，人类呼吸与共的天下
古城十三朝，终归梦一场
觉醒，民主是大海的帆
自由属于天空，属于天空下的人们

进进出出城门的人，步履很重
我的头顶与脸上与鼻子与嘴巴边
感受着脚步带起来的万千尘埃
车辆往来，都是一溜烟地
去除非红灯伸出魔性的手
暴烈的阳光落给了许许多多的人
能活着，心满意足挂在脸上

其实，城市厌烦像我这种土味重的人
我的家乡，玉水翠山
小小的盆地，画着一方雅致的古镇
我一个人常常坐在古老的青石台阶上

聆听先祖的脚步，那种稳稳的
不急不躁的远去与归来
从秦岭南到秦岭之城又至秦岭北
对于乡村的人，城市的空气紧迫
这个中午，安远门前空气顺畅
安心顺畅，一个社会良好的氛围
朝纲天下，长治久安是人民需要

后记

让蓬勃的诗歌充盈着自己的内心
——我在诗歌创作的路上

当一个被野菜、薯藤、麸皮、谷糠养活下来的人；当一个在夜深人静，越过山脚下的人家，去老林偷砍这些人家的柴火，肩挑背扛到古镇，卖给古镇的居民，得以挣得 1 元 2 元维持温饱的人，他从他的童年、少年、到青年时代，在饥寒交迫中挣扎，"青黄不接的草木／锅与碗常常相对而叹／空空的风来空空的风去／筷子兄弟立一隅／目及土地上的庄稼，测算着颗粒／"。他已经知道了什么是生活。当他带着向往，去新疆、去东北、去山西……"两相望，秦岭南北／从此相忘今世之约／情落江湖／多少背井离乡人……"

"我是陕南土地上的草种／我想带着我的籽粒／在关中寻找一寸之地／将我的前世今生种下／让其成为一棵树／为我余世遮凉……"我从陕南乡村去大江大湖的边角上寻觅活路，一切人生况味的领略，进一步熟悉了生活深处的生活。

生活是什么？生活就是屏住了呼吸，寻找生路，寻找活着，活下去的丝丝缕缕的光。

"抑制那种哭的感觉／让它跟着我回故乡"

147

如果仅仅为活着，便是果戈理的《死魂灵》中的那些魂灵已死空留躯壳活在人间的人，比如主角人物乞乞科夫，在广袤的俄国大地游荡，除了行骗，世上没人知道他的过往，他就是一个死了的魂灵。一个人活着，总要有点追求。纵然不能给世界留下有益于人类的贡献，起码也要为活着的当下，做点什么，说点什么，让自己的灵魂驱动自己的躯壳，为脚下的土地留点印痕，不能这样恍惚着人生：“我怅然四望／不知四方是何方／不知生年是何年。”

艰辛的劳作，只是加重了肉体上的酸痛，而灵魂则飘荡四面八荒，不知安于何处。自然，是诗歌唤醒了我的灵魂，生活的沉淀与磨砺，让我结识了伟大的诗歌，于是，诗歌的殿堂则给了我无限的向往！

在那些东奔西走的岁月里，领略了祖国大好河山的广阔与壮丽，增进了我对伟大的国家的认知与热爱。见过了名山大川的磅礴，回望自己的家乡，才体会到她平凡中蕴藏的美，“我们的山平淡无奇／只不过绿树成荫鸟雀欢歌奔兽欢跳／我们的河弯曲如弓／只不过清波缠绕里大鱼遨游虾戏浅滩”“我们的山不过是大秦岭山的余脉／沾了点风水灵气／苗壮的山脉里尽出好男儿／腰杆挺拔／我们的河不过是大秦岭山的露珠／徐徐溢漫至村庄／秀丽的清水里出婉约的秀女”。

与许多农民诗人一样，我们身在农村，身感心受，看到了乡村的振兴，看到了新农村的希望。我们也看到了身居乡村的那些不易的人，而远赴他乡，务工的苦累与艰辛……这些都让我产生写作的冲动。长期在矿上务工的农民，导致尘肺病，只能默默承受巨大的痛苦等待死神降临。这些悲剧，那时，总在身边发生，接触他们，倾听他们艰难的呼吸声，我的诗作由此沉重地铺开：

"这里有痛苦有挣扎／有需要阳光普照的病患者／还有孤家寡人／还有独门绝户／他们的亲人已葬身矿腹／这里静悄悄／鸟不愿离开村庄／很近处啁啾／夜深人静／它们的声音像是亡魂的哭泣"

怀念病故的班主任："纵然这铺天盖地的秋雨是泪／再也浮不起已经卷落的黄叶／纵然秋晨似锦／泥土下你已安然。"

正视现实，让呻吟的声音传出去，让慈悲成为社会的普遍，增加社会对底层劳动者的关注度。

我的眼睛里除了祖国的大好河山，还有我们大好河山里涌出来的大写的好人与好人们做出的工作。我见过的那些扶贫干部的辛苦与无私奉献，于是有了诗作《忠诚的人给了我们满面的红光》：

北面的黄土墙啊／抵御北风抵御北雨／在一面坡地上站立几十载／一顶草帽遮不住破瓦烂檩／一双草鞋载不动伤寒老腿

……

想着土地，想着人民，他们／心鲜红，氤氲待哺的人间／他们是忠诚之士，举着启明星／把乡间的小路，照明照亮照宽／林立的新房，明明亮亮的光辉

……

抚摸星星／与月亮一同前行／有的人尚在漆黑里摸着漆黑／去为他们点燃一盏灯

抚摸山草，露水搓洗倦脸／同太阳比肩而行，比着笑／把一

轮灿烂置放人间

乡愁是每一个人的精神世界，于是，一系列关于我的家乡蜀河古镇的诗歌从我思绪里流淌出来：

光明属于太阳

属于月亮

祥和的笑脸

半入山腰半江湖

古柏五指入苍穹

轻轻地坐在蓝蓝的天空下

轻轻地捏一片白云

案牍上饱蘸墨汁

宣言写给你的

——我的生是你

我的余生也是你

老地老房老去的岁月

新地新宅新鲜的朝阳

植物花开花香

我的前半生活的是皮囊

我的后半生活的是灵魂

把余下的时光都给你

——我的故乡

寻找生活之旅、探究生命根本，为我们底层人的生活状态，对故土的丝丝缕缕的情愫，构成了我诗作形成的因素。

曾经务农，之后务工，虽然不是诗歌养活了我，但是，是诗歌富裕了我的精神，滋养了我的灵魂，以至于让我的心田向着玉一样的润和处走去：

晨曦正在轻叩窗扉／鸟的歌鸣已经抢先入了室内／风抱着各色花等，不紧不慢跟着／花的味道将昨夜衍生的黑色梦魇赶出窗外／鸟儿的清唱越发地欢

这是拙作《春风忆》开头的几句话。

注：本文引用的诗，部分来自我的诗作《诗枕蜀河》。

2023 年 6 月 13 日于蜀河